AF144038

Zofia Posmysz BEFREIUNG UND HEIMKEHR

Bibliografische Information der Deutschen Nationalbibliothek
Die Deutsche Nationalbibliothek verzeichnet diese Publikation in
der Deutschen Nationalbibliografie; detaillierte bibliografische
Daten sind im Internet über http://dnb.d-nb.de abrufbar.

Zofia Posmysz

Befreiung und Heimkehr

Aus dem Polnischen übersetzt von Sabine Leitner

FSC
www.fsc.org

MIX

Papier aus ver-
antwortungsvollen
Quellen
Paper from
responsible sources

FSC® C105338

Titel der polnischen Originalausgabe:
„Do wolności, do śmierci, do życia"
© Copyright 1996 Zofia Posmysz, Warschau
Deutsche Übersetzung von Sabine Leitner, Warschau
Umschlaggestaltung unter Verwendung der im Text erwähnten
„Straßenzustandskarte von Deutschland, Ausgabe Sommer 1938"
des DDAC (Der Deutsche Automobil-Club)
und einer Fotografie, deren Zustandekommen auf S. 75 geschildert wird,
mit Danka (hinten), Agnisia, Teresa (mittig), Wacka, Zofia und Janka (vorn)
Tolstoi-Zitat aus dem Roman „Auferstehung" aus der Übersetzung von
Ilse Frapan (Leo Tolstoi, Auferstehung, Diogenes Verlag, Zürich 1993)
Redaktion, Satz und Layout: Arnt Nitschke, Norderstedt
Herstellung und Verlag: BoD - Books on Demand, Norderstedt
ISBN 978-3-7357-7970-0, Dateiversion 1

Der Weg

Wir waren dreiundzwanzig an jenem Tag, an dem unter dem Ansturm der Häftlinge das Tor des Konzentrationslagers in Neustadt-Glewe aufbrach, es war das letzte Lager, bevor der Weg in die Freiheit begann. Für manche war es ein Weg in den Tod, der – wie es heißt – auch frei machen kann.

Wanda war die Erste von uns, die ums Leben kam, vier Tage nach der Befreiung. Sie war nach dem Warschauer Aufstand in Auschwitz eingetroffen und daher in einem besseren gesundheitlichen Zustand nach Neustadt-Glewe gelangt als die Frauen, die schon viel länger in Lagerhaft waren. Sie war siebenundzwanzig Jahre alt, besaß eine Wohnung im Warschauer Stadtteil Praga und ein gut gehendes Geschäft. Mit ihrem Tod, verursacht durch den Alkohol, den die sowjetischen Befreier mitbrachten, endeten ihre Überlegungen, wie sie schnellstmöglich nach Hause zurückkehren könne, bevor Diebe ihren Besitz plündern.

Die Zweite, die wenige Stunden später starb, war Lidia, eine Tschechin aus Prag. Bevor sie das Bewusstsein verlor, bat sie uns inständig, Milena nicht zu sagen, wie ihr Ende gewesen sei. Wir kannten ihre Tochter aus ihren Erzählungen, wir wussten, dass sie Cello spielte, dass sie sehr musikalisch war und ein fast absolutes Gehör hatte. Wir glaubten das gern, denn auch Lidia konnte wunderbar singen. Uns gefiel besonders ein Lied über Prag: Praha je krásná – Prag ist schön … Lidia starb so wie Wanda, an dem gleichen vergällten Alkohol.

Und dann noch Mila. Sie war mit dem ersten Polinnen-Transport nach Auschwitz gekommen, mit dem aus Tarnów. Sie stammte aus einem Dorf. An harte Arbeit, karges Essen und mangelnde Hygiene gewöhnt, überstand sie drei Jahre, ohne die rosige Wangenfarbe einzubüßen, die man von den drallen Bauernmädchen auf den Bildern Wodzińskis kennt. Bevor wir nach Polen aufbrachen, wollten wir sie im Krankenhaus in Neustadt-Glewe zurücklassen. Sie flehte uns jedoch an, sie mitzunehmen. Sie sei doch am Leben, möglicherweise habe sie weniger getrunken als die anderen beiden, vielleicht sei sie widerstandsfähiger, dieses Giftzeug habe sie bisher nicht umgebracht, also werde es sie auch jetzt nicht mehr umbringen, sie müsse nach Hause, sie werde es nach Hause schaffen. Wir gaben nach. Sie war

körperlich so robust, dass sie zwanzig Kilometer mit uns zurück-
legte.

*

Diesen Bericht über unseren Weg nach Polen habe ich erst viele
Jahre nach der Rückkehr geschrieben, warum, weiß ich nicht.

Es hat wohl mit einem Brief an Marta angefangen, den ich übrigens nie abgeschickt habe. Ihre Flucht in den Westen habe ich als
eine Art Verrat angesehen. Gerade sie war es doch gewesen, die
uns dazu überredet hatte, nicht in Richtung Elbe, sondern in Richtung Oder zu marschieren. Die Amerikaner hatten uns vor ihrem
Rückzug geraten, hinter die Demarkationslinie bis Ludwigslust zu
gehen. Denn hierher werde die Rote Armee kommen und über
deren Verhalten seien äußerst beunruhigende Gerüchte im Umlauf.
Uns fiel es jedoch schwer, an so etwas Unvernünftiges zu glauben
wie das Abtreten von erobertem Gebiet – und sei es auch an die
Sowjets. Wir wollten uns nicht von der Stelle bewegen. Wir hatten
uns bequem eingerichtet. Das geräumige Haus, in das wir eingezogen waren, war das Quartier der Piloten gewesen. Unser Lager
befand sich nämlich in einer aufgelassenen Kaserne neben einem
Flughafen und einer Fabrik – oder vielleicht war das nur eine Flug-
zeughalle.

Die Unterkunft gefiel uns also sehr. Die Toiletten, Waschbecken
und Duschen funktionierten. Wir konnten uns erholen, neue Kräfte
sammeln und in Ruhe überlegen, was wir weiter mit der Freiheit
anfangen wollten, von der zu träumen einfacher und leichter gewesen war, als sie zu besitzen. In Auschwitz hatten wir die Befreiung vom Osten her sehnsüchtig erwartet und uns damit dem
Schicksal gefügt. Den Gesprächen der SS-Männer, die wir be-
lauschten, hatten wir nämlich entnommen, dass die Offensive der
Alliierten nicht vom Süden her kommen würde. Die, auf die wir
dort, von wo es nur ein Katzensprung nach Hause war, vergeblich
gewartet hatten, befreiten uns hier, auf fremder Erde, hunderte Kilometer von der Heimat entfernt. Sie befreiten uns und zogen wieder ab. Das tat uns leid, denn wir waren jung und die Soldaten
sahen genauso aus wie die in den amerikanischen Filmen: Sie
waren glatt rasiert, trugen scheinbar frisch gebügelte Uniformen,
dufteten nach Aftershave, lächelten und – das überraschte uns be-

6

sonders angenehm – sie erwarteten keinerlei Gegenleistung für das, was sie uns an Köstlichkeiten anboten. Wir hätten gern ein bisschen Zeit mit ihnen verbracht, wären gern mit dieser anderen, exotischen, uns nur von der Leinwand bekannten Welt näher in Kontakt gekommen. Aber sie zogen sich hinter die Elbe zurück und überließen uns unserem Schicksal. Wie ungewiss dieses Schicksal sein sollte, davon hatten wir damals nicht die geringste Vorstellung. Wir waren also im Zwiespalt: Sollten wir vielleicht doch den Amerikanern nach Ludwigslust folgen?

Wir taten es nicht und ausschlaggebend dafür war Martas Haltung. Sie und ihre beiden älteren Schwestern, Maria und Jadzia, zögerten keinen Moment: Sie würden auf jeden Fall zurückkehren. „Vielleicht ist Wacek zu Hause", sagte Marta. Sie nährte diese Hoffnung, obwohl schon im Jahr 1944 Häftlinge aus der Schreibstube ihr die Nachricht überbracht hatten, dass Wacław S. erschossen worden sei, ebenso wie der Mann von Maria. In Auschwitz starben auch die Eltern und zwei Brüder. Eigentlich gab es niemanden, zu dem Marta hätte zurückkehren können. Auf Maria hingegen wartete ihr kleiner Sohn, der bei ihrer Festnahme von Verwandten in Obhut genommen worden war. Jadzia war gar nicht erst gefragt worden, es war klar, dass sie das tun würde, was die Schwestern taten. Hatte sie mit ihrem steifen Bein eine andere Wahl? Der Rest unserer Gruppe war zwischen widersprüchlichen Entschlüssen hin- und hergerissen. Es fuhren noch keine Züge und es gab auch keine anderen Transportmittel. Wie sollte man eine solche Strecke zu Fuß bewältigen?

Dennoch brachen wir am 8. Mai in aller Frühe auf, ausgerüstet mit einer Militärkarte, die wir im Haus gefunden hatten – gen Osten, der Sonne entgegen, die an diesem Tag strahlend am wolkenlosen Himmel aufging, als ob sie uns – wie einst der Stern zu Bethlehem den Heiligen Drei Königen – den Weg weisen wollte. Die Älteste von uns, Frau Dr. P. aus Radom, war über vierzig, die Jüngste, Walunia aus der Gegend von Zamość, gerade mal sechzehn. Auf einem Handwagen, den wir von einem verlassenen Gehöft mitgenommen hatten, transportierten wir unsere armselige Habe: Decken, Pullover, ein paar Päckchen vom Roten Kreuz und … Dankas Akkordeon.

Aber nur neunzehn von uns machten sich nach Polen auf. Außer Wanda und Lidia, die auf dem Friedhof in Neustadt-Glewe lagen, fehlten Hélène und Ziuta. Sie hatten die entgegengesetzte Richtung eingeschlagen: Westen.

Wie oft haben wir später mit einer Mischung aus Neid und Bewunderung an ihre weise Voraussicht gedacht! Warum sind wir trotzdem nicht umgekehrt? Noch war es möglich. Massen von Menschen waren in unterschiedliche Richtungen unterwegs: Franzosen, Italiener, Holländer, Tschechen, Polen ... Wenn wir aneinander vorbeigingen, tauschten wir Grüße aus. Und Vorschläge: „Kommt mit uns mit!" „Nein, kommt ihr doch mit uns mit!", entgegneten wir, stolz auf unsere Entscheidung. Was drängte uns Richtung Osten? Der Instinkt der Vögel, die in ihre Nester zurückkehren? Oder – weniger triebhaft – die Sehnsucht nach den zurückgelassenen Ehemännern, Eltern und Kindern, das unbewusste Verlangen nach dem Leben, das durch die Verhaftung jäh unterbrochen worden war? Auch wenn dieses Leben nicht in allen Fällen glücklich gewesen war und es sich kaum lohnte, blindlings dahin zurückzueilen. Der gesunde Menschenverstand gebot, mit der Entscheidung zu warten. Wandas und Lidias Tod hätte uns eine Warnung sein sollen. Aber wir gingen, wir gingen immer weiter.

*

Das Lager in Neustadt-Glewe wurde am 2. Mai 1945 befreit. Es war sehr warm an diesem Tag. Der Frühling in Mecklenburg kommt zeitig. Schon im April hatten sich die Birken an der Straße, die zum Lager führte, in einen flirrenden, goldgrünen Schleier gekleidet, die Kletterrosen an den Hauswänden trieben Knospen, der Rasen auf dem stillgelegten Flughafen spross und grünte.

Zweimal am Tag zogen Bombengeschwader über die Stadt. Die Wände der Baracken vibrierten, die Pritschen wackelten. Das Zittern erfasste auch uns. Einige sprachen einen Psalm, „Wer unter dem Schirm des Höchsten sitzt ...", andere drängten sich an der Tür, um die Richtung Osten, sehr niedrig fliegenden und von keiner Flak bedrohten Flugzeuge zu zählen. Die hübsche Agnisia aus Brzesko stürzte herein und rief: „Es sind schon tausend vorbeigeflogen!" Und den Singenden – „Zuflucht wirst du haben unter seinen Flügeln" – antwortete sie: „Ich danke dem Herrn von ganzem Herzen."

Wenn ein Luftangriff uns bei der Arbeit überraschte, trieb der SS-Mann das Kommando in das nächstgelegene schüttere Wäldchen. „Zweitausend über Berlin", bemerkte er finster und dann drohte er: „Auf dem Gelände des Lagers sind Benzintanks vergraben. Wenn eine Bombe fällt, dann fliegt alles in die Luft." Aber er suchte in den Gesichtern der Zuhörenden vergeblich nach Zeichen der Angst. Die Flugzeuge haben andere Ziele als das Lager, auch wenn es in einer Militäranlage untergebracht ist, darauf vertrauten wir. Aber eines Tages wurde das monotone Brummen von Pfeifgeräuschen und Detonationen jäh unterbrochen – das letzte Geschwader hatte eine Sprengladung abgeworfen.

„Auf das Lager, genau wie in Dachau", stellte der Chef feindselig fest, „dort hat eine amerikanische Bombe zwei Baracken zerstört und dabei sechzig Häftlinge getötet." Glücklicherweise kam – entgegen seiner Vermutung – nicht das Lager, sondern ein wenige Kilometer entferntes Dorf zu Schaden.

Aber am darauffolgenden Tag ...

Am darauffolgenden Tag sahen wir während des Morgenappells hinter dem Stacheldraht Männer in Sträflingskleidung. Und einen Lastwagen. Sie waren in der Nacht aus Ravensbrück gebracht worden. Evakuierung. Andere hatte man zu Fuß hierhergetrieben. Irgendwas hatten sie mit denen vor. Vielleicht wollten sie sie gegen Kriegsgefangene austauschen? Einstweilen wurden sie bei der Trümmerräumung in dem bombardierten Dorf eingesetzt. Abends warfen sie uns über den Drahtzaun große Brocken von verkohltem, halb rohem Fleisch zu. Und sie sagten, die Freiheit könne jeden Tag kommen, wir sollten uns darauf einstellen. Wir wollten es lieber nicht glauben. Hatten wir die Befreiung nicht schon im Januar erhofft, als die Rote Armee uns buchstäblich auf den Fersen war? Und dann sind wir doch hier gelandet.

Noch zwei Tage kampierten die Häftlinge hinter dem Stacheldrahtzaun, offensichtlich wusste man nicht, wohin man sie bringen sollte. Und schließlich kam ein Morgen, dadurch seltsam, weil er so ruhig war. Keine Pfiffe, kein Appell, keine Schreie: „Tee holen!" Wir verließen, eine nach der anderen, vorsichtig die Baracke. „Es sind keine SS-Männer da", lautete die erste Mitteilung. „Und auf den Wachtürmen?" Ein paar Mutige wagten sich zum Stacheldrahtzaun vor. „Auf den Wachtürmen ist auch niemand."

Stunden vergingen. Mittags hätte der um diese Zeit übliche Luftangriff kommen müssen. Er kam nicht. Es herrschte angespannte Stille. Und plötzlich ... Geschützfeuer. Keine Bombenexplosion, sondern Artilleriebeschuss, in nächster Nähe. Das hörte so schnell auf, wie es eingesetzt hatte. Stille. Hoffnung und Angst. Das Brummen eines einzelnen Flugzeuges erschien irgendwie nicht bedrohlich. Woher kam es und warum hatte es keinen Fliegeralarm gegeben? Paradoxerweise erwies sich ausgerechnet dieser Überraschungsangriff als gefährlich. Die Explosionen erschütterten den Raum. „Das Benzin! Wir fliegen alle in die Luft!" Wie auf Kommando spuckten sämtliche Baracken auf einmal ihren menschlichen Inhalt aus. Die Bomben schlugen in die Flugzeugfabrik neben dem Lager ein. Eine Feuersäule schoss in die Höhe, ihr greller Schein verhöhnte die strahlende Sonne. Die Menge bewegte sich vom Appellplatz in Richtung Lagertor. Aber dort …

Solche Szenen behält man für immer in Erinnerung. Männliche Skelette in Sträflingsanzügen stemmten sich von außen gegen die geschlossenen Torflügel. Auf der anderen Seite halfen ihnen die dünnen Arme der weiblichen Häftlinge. Das Quietschen der nachgebenden Scharniere wurde von einem langen, durchdringenden Laut begleitet, teils Schrei, teils Ächzen, teils Seufzer, aus tausend verkrampften Kehlen. Die Menschenmenge, von nur einem Gedanken getrieben, strömte durch den geöffneten Engpass, schoss vor und blieb plötzlich stehen. Alle erstarrten. Nun waren wir frei. So also sah die Freiheit aus? Hatten wir sie uns nicht genau so vorgestellt? Auf die andere Seite des Stacheldrahtzauns gehen und sich auf den Weg machen. Nur das. Nicht mehr. Aber wohin sollten wir gehen? Der offene Raum erschien zu groß, schien unpassierbar, die in der Sonne glänzenden Rasenflächen flimmerten vor den Augen, es wurde einem schwindlig davon. Einige setzten sich hin oder warfen sich bäuchlings mit ausgebreiteten Armen auf den Boden, andere blickten um sich, in den Augen die bange Frage: Wer gibt uns heute dieses kümmerliche, kostbare tägliche Stück Brot? Eine von uns machte, nachdem sie sich noch einmal umgesehen hatte, kehrt und ging zurück in Richtung Lager. Es folgten ihr erst eine, dann zwei, dann zehn Frauen. Die immer dichter werdende Menge fing plötzlich an zu rennen. Im Lager, bei den Magazinen, drängten sich Menschenmassen. Die Häftlinge warfen Lebensmittel heraus: verschimmelte Nudeln, verdorbene Graupen und Kohlrüben. Brot war keines da.

Es kam am Nachmittag um fünf zusammen mit den Amerikanern und dem Roten Kreuz. Ein Lastwagen nach dem anderen fuhr vor. Für den, der nicht weiß, was wahres Glück ist – das ist es: Brot, wenn man Hunger hat. Und steht das nicht auch für Freiheit? An diesem Abend schliefen wir, wenn auch auf denselben Lagerpritschen, glücklich ein, ohne jenes Übelkeit erregende Ziehen im Magen, jede von uns mit einem Päckchen am Kopfende und einem Laib Brot in den Armen, wie Kinder.

Am nächsten Tag war die Baracke ab dem Morgen von einem Lied erfüllt: „Dein Festtag, Muttergottes, der dritte Mai, gibt Kraft dem Volk und macht es frei." Dieses Lied sollte uns in das verloren geglaubte Leben zurückführen, uns erneut in der Tradition verankern, dank der wir diesen gesegneten Tag erlebten. Später fuhren uns die amerikanischen Soldaten auf dem Flugplatz herum, in ihren Jeeps, die voller Schätze waren: Schokolade, Kekse, Konservendosen verschiedenen Inhalts. Agnisia stürzte herein, die Arme bepackt mit diesen Köstlichkeiten.

„Ich habe wieder ein paar Worte dazugelernt", teilte sie uns mit.

Für die alltägliche Verständigung waren sie allerdings nicht sehr hilfreich: „hübsche Nase", „du gefällst mir", „komm mit mir nach Ohio". Was konnte man damit anfangen? Auf jeden Fall mehr brachten uns die Konservendosen. Das Öffnen der ersten Dose wurde von einem allgemeinen Seufzer begleitet. Ananas in Scheiben.

„Dass es so etwas auf der Welt gibt …" Walunia schüttelte den Kopf, sie kannte wahrscheinlich noch nicht einmal den Namen dieses „etwas".

Das Glück währte nicht lange. Am 5. Mai zogen sich die Amerikaner hinter die Elbe zurück.

Eher misstrauisch als ängstlich beäugten wir die in die Stadt einfahrenden sowjetischen Panzer. Die Soldaten darauf waren grau. Ihre mit Staub und Ruß bedeckten Gesichter erinnerten an Masken.

„Versengt vom Feuer der Schlacht", stellte Danka fest, die – und darüber machten wir uns lustig – immer sprach wie ein Buch.

„Die sehen aus wie Teufel." In Walunias Stimme schwang Angst mit.

*

Danka war in unserem Haufen das einzige Fräulein „aus gutem Hause", wenn man eine wohlhabende Familie so bezeichnen

11

möchte. Höhere Tochter aus dem Warschauer Großbürgertum, Einzelkind, Absolventin des Konservatoriums. Im Juni 1939 hatte sie geheiratet, im September war der junge Gatte in den Krieg gezogen und nicht mehr zurückgekehrt. Als das Verbrechen von Katyń aufgedeckt wurde, war sich Danka sicher, dass er dort ums Leben gekommen war. Das ganze Regiment war von den Russen eingeschlossen worden, erzählte einer, der es geschafft hatte, dem Kessel zu entfliehen. Danka heiratete zum zweiten Mal. Nicht lange erfreute sie sich ihres Eheglücks. Ihr Mann war in der Heimatarmee. Im Jahr 1942 wurde sie zusammen mit ihm verhaftet. Er wurde im Pawiak zu Tode gefoltert, sie selbst wurde nach Auschwitz gebracht. Danka überlebte dank der Anstellung im Lagerorchester.

*

Walunia war vor kurzem sechzehn Jahre alt geworden. Nach der Zerstörung ihres in der Gegend von Zamość gelegenen Dorfes war sie zusammen mit ihrer Mutter nach Birkenau gekommen. Ihr Vater hatte als Partisan sein Leben gelassen, der Großvater war erschossen worden, als er versucht hatte, das in Brand gesetzte Haus zu löschen. Die Mutter starb im Lager an Fleckfieber. Die kleine, zarte Walunia kam glücklicherweise in den Kinderblock. Später wurde sie in unser Kommando aufgenommen und war unser Töchterchen, so eine Art Kind des Regiments.

*

Die „Teufel" statteten uns noch am gleichen Tag vor Einbruch der Dämmerung einen Besuch ab. Sie erwiesen sich übrigens als nicht sehr satanisch. Sie hatten Sterne auf den Schulterklappen und waren sauber gewaschen. Der eine, mit einem pechschwarzen, kurz gestutzten Schnurrbart, trug einen dunklen Umhang und Danka befand sogleich, dass er wie ein Dämon aussehe, wie der Dämon bei Lermontow. Er war Georgier. Der andere, ebenfalls ein Oberleutnant, stellte sich als Ukrainer vor. Aus der Ostukraine, fügte er mit Nachdruck hinzu, er habe nichts zu tun mit den Mördern aus Galizien, den Verbündeten Hitlers.

Die Gäste brachten Dosenfleisch, Wodka und eine Ziehharmonika mit. Sie baten um Becher „dlja wsech" – für alle –, waren aber nicht beleidigt, als wir den Alkohol ablehnten. Sie selbst tranken direkt aus der Flasche, dann nahm der Ukrainer die Ziehharmonika und begann zu spielen.

„Nehm ich die Bandura, stimme sie und sing", sang er mit einer matten, warmen Baritonstimme.

Es war ein mitreißendes, beschwörendes Lied. Als ob der Sänger mit dieser sehnsuchtsvollen Zauberformel, „Nehm ich die Bandura", alle Strapazen des zurückgelegten Weges aus dem Gedächtnis löschen, das schmutzige, mühevolle Geschäft des Krieges vergessen und die so lange zugeschlagene Tür zur menschlichen Existenz, zur Musik, zur Poesie, zum Guten öffnen wollte. Als das Lied verklungen war, trat der Schnurrbärtige in die Mitte des Zimmers.

„Djewuschki! Damy! Mädchen! Meine Damen!" Er verbeugte sich galant vor den Älteren. „Der Krieg ist zu Ende. Stoßen wir auf den Frieden an! Und auf das Leben!"

Er nahm einen Schluck aus der Flasche und reichte sie dem Ziehharmonikaspieler. Und dann erklang ein Walzer. Der Georgier warf den Schoß seines Umhangs über den Arm, stellte sich vor mich hin und streckte seine Hand aus. Ich stand auf und mied dabei Marias besorgten Blick. Der erste Tanz in der Freiheit. Sich daran berauschen, den Geschmack der wiedererlangten Jugend auskosten, auf die Zukunft hoffen – all das war im Strudel, im Rhythmus der „Donauwellen", einer Melodie, die bei den Tanzabenden in der Schule, auf Hochzeiten und Jahrmärkten bis zum Gehtnichtmehr gespielt worden war und die nun völlig neu erschien und ein neues Kapitel in meinem Leben einleitete. Mein Tanzpartner warf den Umhang ab, schleuderte ihn in eine Ecke und bedeutete uns, einen Kreis zu bilden, er selbst stellte sich in die Mitte, um alle paar Augenblicke eine andere aus der Runde herauszuholen und sie im Tanz zu drehen. Er kniete dabei nieder, klopfte sich auf die Schenkel und trippelte auf den Zehen wie eine Ballerina beim Spitzentanz, mit ausgestreckten Armen und hoch erhobenem Kopf … Dieser Reigen wäre wohl nie zu Ende gegangen, wenn der Ziehharmonikaspieler nicht plötzlich abgebrochen hätte.

„So, es reicht!" Er legte die Ziehharmonika beiseite, langte reflexartig nach der Flasche und als er feststellte, dass sie leer war, stieß er sie voller Überdruss von sich.

Und da fragte Danka, ob sie das Instrument ausprobieren dürfe. Der überraschte, aber auch neugierig gewordene Ukrainer gab ihr die Ziehharmonika. Etwas unsicher, denn schließlich war das kein Klavier, spielte sie den „Türkischen Marsch" von Mozart. Damit verblüffte sie die Gäste.

„Sie können ja spielen!" Der Musiker verbarg seine Verwunderung nicht.

Und noch mehr beeindruckt war er, als Frau Dr. P. ihm sagte, Danka habe das Konservatorium abgeschlossen.

„Ja, Sie sind offenbar eine Künstlerin …"

In Danka erwachte ein Teufelchen. „Ich bin keine Künstlerin, ich bin eine Scharlatanin", trällerte sie, wie immer ein bisschen falsch, denn im Singen war sie nicht gut. Damit hatte sie die Vokalistinnen im Lager erpresst, wenn sie sich allzu sehr zierten: „Dann singe ich eben, wenn du nicht willst." Diese Drohung hatte immer gewirkt. Danka nahm die Ziehharmonika und begann erneut zu spielen. Die Zuhörerinnen sangen die Melodie bereitwillig mit und aus dem Haus, in dem gestern noch Porträts von Hitler hingen, drang in die dunkel werdende Weite vor dem Fenster der Gassenhauer mit den unverständigen und unverständlichen Worten: „Oh, du mein Kremser, Amerikaner!" Der Ziehharmonikaspieler war gerührt.

„Ach, jetzt was zu trinken!", seufzte er und warf dem „Dämon" einen vielsagenden Blick zu.

In Aktion aber trat Frau Dr. P. Ihr Russisch war ebenso gut wie ihr Polnisch und nun bediente sie sich dieser sprachlichen Fähigkeit. Sie entschuldigte sich bei den Herren Offizieren, dass wir sie nicht länger hierbehalten könnten, es sei schon spät geworden und die Mädchen seien infolge des Lagers erschöpft, manche sogar krank, sie müssten sich ausruhen und sollten nicht tanzen. Sie als Ärztin fühle sich für ihre Gesundheit verantwortlich.

Sie widersprachen nicht. Als sie sich verabschiedeten, sagten sie, dass sie morgen Verpflegung mitbringen würden und für die Künstlerin vielleicht ein Akkordeon. Nachdem sie weggefahren waren, kommentierte Marysia Russisches Herz – so genannt, weil sie aus Baranawitschy stammte und von sich sagte, dass sie ein gutes, ein russisches Herz habe – den Besuch:

„Das sind gar nicht so schreckliche Teufel, wie Walunia gemeint hat."

Marysia Russisches Herz war Zwangsarbeiterin gewesen, bevor sie nach Auschwitz kam. Sie hatte sich irgendetwas zuschulden kommen lassen, „eine unnötige und dumme Sache", wie sie mit Bedauern sagte, denn es war ihr nicht schlecht ergangen, an Essen hatte es nicht gemangelt, vielleicht nur ein wenig an Schlaf. Der Bauer war eigentlich anständig und gutmütig gewesen, bei der Gestapo hat er sie wahrscheinlich nur aus Angst denunziert. Wir mochten Marysia Russisches Herz, weil sie tatkräftig und mutig war und willens, auch im schlechtesten Menschen noch irgendeine gute Eigenschaft zu entdecken, in der schwierigsten Lage noch irgendetwas Positives zu sehen. Zuvorkommend und bereit, Schwächeren zu helfen, wurde sie oftmals ausgenutzt, was sie mit Humor nahm.

*

Frau Dr. P. teilte, ähnlich wie Maria, den Optimismus von Marysia Russisches Herz nicht. Das Haus besaß keine Schlösser und bot keine Sicherheit. Und wenn die betrunkenen Rotarmisten nun doch zurückkommen oder, noch schlimmer, andere auftauchen würden, die weniger ritterlich waren? Wir beratschlagten, was zu tun sei. Schließlich schleppten wir einen großen Schrank zur Eingangstür und stellten noch zwei Tische übereinander davor. Wir legten uns jedoch nur zögerlich auf unsere Pritschen und hörten, durch diesen ungewöhnlichen Abend in eine träumerische Stimmung versetzt, nicht auf, Bemerkungen über die romantischen Teufel auszutauschen, über den von Lermontow und über den aus der ukrainischen Dumka. Wie gut sie aussahen! Und wie viel Charme hatte der Tanz des einen und der wehmütige Gesang des anderen gehabt!

Am nächsten Tag verhängte Maria nach dem Frühstück eine „Ausgangssperre". Keine von uns durfte das Haus verlassen.

„Wir haben zu essen und zu trinken, wir können uns hier waschen und unsere Notdurft verrichten, die Tür bleibt verbarrikadiert und die Fenster lassen wir geschlossen, damit es so aussieht, als ob hier niemand sei."

Diese Worte waren vor allem an die Jüngeren gerichtet, die zog es nämlich in die Stadt, zu anderen Menschen, zu der neuen, unbekannten, aus den Kriegsverwüstungen aufgetauchten Welt. Einige wollten bloß das beschauliche Städtchen Neustadt-Glewe genießen, das zu einem Bummel auf der Hauptstraße einlud, ohne dabei wachsam und verstohlen zur Seite blicken, Ausschau halten zu müssen, ob und woher ein Stein geflogen kam oder ein Schrei wie ein Peitschenhieb niederging, andere hingegen hätten gerne in den verlassenen Häusern nach etwas Essbarem gesucht – und vielleicht nicht nur danach.

Wir fügten uns jedoch. In Maria war etwas, das Gehorsam gebot.

*

Sie war etwas über dreißig, schien aber alterslos. Zart und sanft, wie sie war, hätte sie hinter dem Stacheldrahtzaun nicht einen Monat überlebt, wenn nicht Marta gewesen wäre, die im Brotmagazin arbeitete und für ihre zwei Schwestern eine Beschäftigung in der Schneiderei erkaufen konnte. Sie musste die beiden aber zusätzlich mit Lebensmitteln versorgen, was sie auch tat und wobei sie sich selbst in Gefahr brachte. Einmal prahlte Maria, als sie vom Abendappell zurückkam, vor der Schwester mit einer Errungenschaft – es war ein Küchentuch mit einem kunstvoll eingestickten Spruch: „Ein feste Burg ist unser Gott." Zuversichtlich lächelnd erklärte Maria, dass sie es für eine Portion Wurst von einer Jüdin aus „Kanada" erworben habe. Marta regte sich auf: „Du gibst Essbares für etwas, das dir nicht den Magen füllt und dich auch nicht wärmt?" Maria, die nie ihre Stimme hob, antwortete ruhig, dass sie darin eine Botschaft der Mutter sehe. „Was denn für eine Botschaft?" Marta wurde noch ärgerlicher. „Erinnerst du dich an das, was Mutter gesagt hat? Dass Gott uns beschützt und dass wir auf ihn vertrauen sollen." Aber Marta war zu theologischen Erörterungen nicht aufgelegt. „Die fromme Hausfrau, in deren Küche dieser erhabene Spruch hing, hat bestimmt einen Mann oder einen Sohn, der bei der SS ist." „Muss es denn unbedingt eine Deutsche gewesen sein?" Maria versuchte, Marta zu einer anderen Denkrichtung zu bewegen. „Das ist doch wohl Deutsch, oder?" Marta kochte vor Wut. Maria schwieg. Erst nach einer Weile sagte sie, während sie sich das Tuch in den Ausschnitt steckte: „Meinst du nicht, dass man sich in jeder Sprache zu Gott bekennen kann?"

*

Wir saßen also mucksmäuschenstill in dem Haus und langweilten uns furchtbar. Wir wagten noch nicht einmal zu kochen, um uns durch den Essensgeruch nicht zu verraten. Trotzdem fuhr gegen elf Uhr ein Jeep vor dem Haus vor. Es waren die „Ritter" von gestern. Der mit den hellen Haaren trug ein Akkordeon. Der „Dämon" schleppte mit beiden Händen ein verdächtiges Bündel, wobei er die Arme so weit wie möglich vom Körper weghielt. Die versperrte Tür überraschte sie. Sie kamen zum Fenster.

„Djewuschki! Mädchen! Wir sind's!"

Frau Dr. P. zersauste sich ihre grauen Haare (das machte sie immer, damit sie wie eine alte Frau aussah) und öffnete die Oberlichte.

„Warum macht ihr nicht auf?", kam die etwas barsche Frage.

Unsere Erklärung, dass die Tür verbarrikadiert sei, weil wir uns vor ungebetenen Gästen fürchteten, gefiel ihnen nicht. Nach einem Moment des Zögerns jedoch zeigten sie Verständnis.

„Richtig so", stellte der Georgier fest.

„Vollkommen richtig", pflichtete der Ukrainer bei.

Daraufhin brachte Frau Dr. P. noch eine zusätzliche Begründung vor: Nicht alle seien so ritterlich wie sie. Dem stimmten sie vorbehaltlos zu und baten darum, das Fenster zu öffnen, damit sie uns ihre Geschenke übergeben könnten.

„Das ist für die Künstlerin." Der Ziehharmonikaspieler reichte ein Akkordeon herein.

„Und das ist für alle." Der „Dämon" warf einen feuchten, schmierigen Sack auf das Fensterbrett. Das sei die Verpflegung. Die müsse man kochen oder braten, wir würden schon wissen, was wir damit machen müssten, wir seien doch wohl nicht alle Künstlerinnen. Sie kämen in zwei, drei Stunden zum Mittagessen und zum Konzert. Aber weil Frau Dr. P. etwas konsterniert schwieg, fügte er bedeutungsvoll hinzu, dass wir in der Gesellschaft von Offizieren sicherer seien, was auch immer geschehen sollte. Frau Dr. P. verstand.

„Also, Sie sind herzlich eingeladen, meine Herren Offiziere", sagte sie im Tonfall einer höflichen Gastgeberin.

Sie stiegen in den Jeep und fuhren weg. Die „Künstlerin" befasste sich sofort mit dem Akkordeon, die Verpflegung aber blieb am Fenster liegen. Keine von uns hatte es eilig damit, alle Blicke ruhten auf Marysia Russisches Herz. Die schüttelte nur den Kopf, nahm das Bündel und brachte es in die Küche. Es war ein Ferkel, vielleicht vor einer Stunde geschlachtet, voller Blut. Teresa, unsere Sängerin klassischer Lieder, wurde leichenblass und rannte zur Toilette. Auch andere, die beim Auspacken des Bündels zugegen waren, wandten den Blick ab.

„Oh Gott, was sollen wir denn damit anfangen?"

Diese weinerliche Frage verärgerte Marysia Russisches Herz.

„Na, was wohl? Fressen! Und sich danach die Finger ablecken! Oder was denkt ihr?" Sie brüllte, dass uns Hören und Sehen verging. „Was meint ihr denn, wer euch versorgen wird? Die Amerikaner? Die haben sich aus dem Staub gemacht, soll uns doch Väterchen Stalin füttern! Vergesst horse meat, ham und jam!"

Sie brachte uns in Verlegenheit. Kleinlaut drückten wir unsere Absicht zu helfen aus, damit „das da" bloß ausgenommen und zerlegt würde, damit es bloß schon Fleisch wäre und kein Tier mehr, das gerade erst in irgendeinem Gehöft fröhlich herumgelaufen und herumgesprungen war. Marysia erwiderte nichts, sie suchte in der Küche nach einem großen Messer und ging zu der blutigen Tierleiche.

„Wer helfen will, kann hier anfassen." Sie drehte das Ferkel auf den Rücken und bog die Hinterbeine auseinander.

Wortlos traten Mila und die andere Marysia, wegen ihrer Größe und ihrer stattlichen Figur „die Große" genannt, zu ihr.

„Und ihr anderen alle raus hier, ihr Zimperliesen!" Marysia Russisches Herz drohte den Gafferinnen mit dem Messer.

*

Über Marysia die Große wussten wir nicht viel. Sie war schweigsam und mürrisch oder vielleicht auch nur traurig und sehr verschlossen, sie mied jeden näheren Kontakt. Sie war unter uns fremd, weil sie es so wollte. In Neustadt-Glewe war sie in unserer Baracke gewesen und hatte sich uns angeschlossen, als wir in das Fliegerquartier umzogen. Aber sie blieb immer auf Distanz. Nur mit mir wechselte sie manchmal ein paar Worte, vielleicht deshalb,

weil sie mich von der Arbeit auf den Feldern kannte: Vornüberge-
beugt zertrümmerten wir nebeneinander mit Hacken die Erdschollen auf dem steinharten Boden und sie brachte es fertig, bei
dieser Schufterei andauernd die gleiche Melodie, das gleiche Lied
zu singen: „Wo bist du? Wo? Sicher weit fort. An einem fernen, unbekannten Ort. Und selbst wenn nicht, selbst wenn du nahe bist,
bin ich noch trauriger, weil dein Antlitz mir fremd geworden ist."
Ihr Blick wanderte zu den Häftlingen, die hinter dem Pflug hergingen, sie hatten fahle Gesichter und tiefe Augenhöhlen. Würde
sie etwa in einer dieser zerlumpten Gestalten ihren Geliebten erkennen? Es kamen einem die Tränen bei diesem Gesang. Aber mit
umso größerer Verbissenheit hackte man auf die Schollen der harten Erde ein. Wer hier weinte, war verloren.

*

Ein unbeschreiblicher Geruch drang uns in die Nase, reizte den
Gaumen und ließ das Wasser im Mund zusammenlaufen. Selbst
Danka riss sich vom Akkordeon los, sie durfte ihm ohnehin nicht
einmal die leisesten Töne entlocken – der Ältestenrat hatte es verboten. Der Geruch des gebratenen Ferkels, der das ganze Haus erfüllte und gewiss auch nach draußen drang, war gefährlich genug.

Das uns fürstlich erscheinende Mittagessen schmeckte jedoch
nicht so gut, wie der köstliche Duft versprochen hatte. Wenn wir
doch wenigstens dazu ein Stück Brot gehabt hätten oder einen Löffel Sauerkraut! Die eine Kartoffel aus Milas Vorräten war dafür nur
ein schwacher Ersatz. Trotzdem aßen wir uns satt. Und es blieb
dennoch das halbe Ferkel für die Spender dieses Festmahls übrig.
Die aber ließen sich nicht blicken. Der Nachmittag verging, die vom
Sonnenuntergang erleuchtete Abenddämmerung verwandelte sich
in Dunkelheit – sie erschienen nicht. Zum Bedauern einiger von
uns, wie man zugeben muss.

Es kam die Stunde, zu der Maria normalerweise betete. Sie tat
dies nie auffällig, im Gegenteil, sie verkroch sich immer in irgendeine Ecke und trotzdem verstummten die Gespräche, denn sogar
diejenigen, die nicht beten wollten oder konnten, schwiegen. Dieses Mal jedoch schlug Oleńka aus Krakau vor, gemeinsam ein
Gebet zu sprechen, es sei doch Mai. Und sie begann mit gedämpfter Stimme: „Kyrie eleison, Christe eleison …"

19

Danach schliefen wir ein, durch nichts weiter beunruhigt als durch den Mond, der sein perlfarbenes Licht durch das kahle Fenster hereinwarf. Einige schliefen tief und schnarchten leise. Plötzlich zerriss ein Gepolter die Stille.

„Das sind sie", flüsterte die, die zuerst aufgewacht war.

Aber das waren sie nicht. Das Hämmern und Fluchen an der Tür wurde immer lauter. Alle hielten den Atem an. Marysia Russisches Herz flüsterte:

„Oje, das wird schlimm!"

Das Getrommel hörte nicht auf und dann fielen auch noch Schüsse, schließlich ertönte das Krachen der umgestürzten Barrikade. Und schon waren sie im Zimmer und beleuchteten mit ihren Taschenlampen die Pritschen.

„Oh, sieh mal einer an!" Sie freuten sich offensichtlich.

Es ging ein Gestank von ihnen aus, der anders war als der „Muselmann"-Gestank, den wir in Birkenau verströmt hatten, aber nicht weniger ekelhaft.

„Los, Mädchen, dawaj, trinken wir auf den Sieg!"

Keine von uns rührte sich. Von der Pritsche am Fenster, auf der Agnisia aus Brzesko lag, war ein Stöhnen zu hören. Der Soldat richtete den Lichtkegel auf sie.

„Was ist los mit der?", knurrte er.

Ein übler Geruch war die Antwort. Agnisia hatte sich beim Mittagessen den Magen verdorben. Jetzt schluchzte sie, das Gesicht in den Strohsack gedrückt:

„Ich hab mich vollgemacht. Oh Gott, oh Gott!"

„Ist Gott nicht rechtzeitig gekommen?", feixte der Rotarmist. Er ging von ihr weg und wandte sich an die anderen: „Was ist los? Wollt ihr nicht mit den Siegern reden? Seid ihr vielleicht Deutsche? Faschistinnen?"

Frau Dr. P. erhob sich von ihrer Pritsche. Mit vor Aufregung heiserer Stimme sagte sie, dass der „Herr Soldat" sich irre. Wir seien Polinnen, aus dem Konzentrationslager, in das man uns von Auschwitz hergetrieben habe. Wir seien nicht gesund und dürften keinen Alkohol trinken, wenn wir das gerettete Leben bis nach Hause bringen wollten.

Sie stutzten. Es war nicht klar, ob wegen des Russischen, das sie nicht erwartet hatten, oder wegen des Wortes „Herr", das in ihren Ohren anstößig klang.

„Dich, alte Oma, laden wir nicht ein", versicherte der Zweite.

„Ich bin keine alte Oma für dich, Soldat." Frau Dr. P. hob die Stimme. „Ich bin Ärztin. Ich bin verantwortlich dafür, dass diese Frauen in ihre Heimat zurückkehren."

Da fluchte der Erste:

„Ach, scher dich zum Teufel, Alte!"

Er stieß sie so heftig zurück, dass sie durch den ganzen Raum flog, und dann versuchte er, aus der nächstgelegenen Pritsche Walunia herauszuzerren. Seine beiden Kameraden stürzten sich auf andere Frauen. Es entstand ein Tumult. Die Mädchen hielten sich an den Bettkanten fest, die Stockbetten schwankten und drohten umzukippen. Wir schrien alle aus Leibeskräften, zu mehr waren wir nicht fähig. Plötzlich änderte der Erste seine Taktik und begann sich in Walunias Koje hineinzuquetschen. Da zeigte sich, wer Marysia Russisches Herz war. Sie sprang ihm auf den Rücken und brüllte:

„Untersteh dich! Sie ist noch ein Kind! Die Tochter eines Partisanen!"

Er schüttelte sie von sich ab, wütend, denn er hatte sich den Kopf an der oberen Bettkante gestoßen.

„Was bist du denn für eine?"

„Ich bin Russin." Und wie zum Beweis gab Marysia ein von Flüchen gespicktes Lamento zum Besten: Die Deutschen hätten uns gequält, sie hätten es nicht geschafft, uns zu Tode zu foltern, und jetzt wolle ein russischer Soldat für sie ihr Werk beenden? Sie stellte sich kerzengerade vor den auf sie gerichteten Gewehrlauf:

„Na, mach schon! Schieß! Töte eine russische Frau!"

Die anderen beiden ließen ihre Opfer los und rannten zu ihrem Kameraden.

„He, du! Bist du verrückt geworden?"

Er besann sich und versuchte es anders:

„Wenn du Russin bist, dann tröste einen russischen Soldaten", sagte er und begann an seinem Hosenschlitz herumzufummeln.

„Geht nicht. Ich habe Syphilis", erwiderte sie.

„Macht nichts. Habe ich auch. Die stören sich gegenseitig nicht", lachte er, stolz auf seinen Witz.

„Mir reicht meine." Marysia Russisches Herz war vollends in ihre Rolle geschlüpft.

Dieses Wortgefecht hatte die Soldaten etwas gebändigt. Sie versuchten, uns davon zu überzeugen, dass sie nichts weiter wollten, als mit uns auf den Sieg trinken. Damit man die Kranken, die schlafen müssten, nicht störe, könne man in einen anderen Raum gehen. Es gebe doch außer diesem hier noch andere freie Zimmer. Sie hatten also schon das Gebäude erkundet.

„Ich gehe nirgendwohin." Marysia stemmte die Hände in die Hüften. „Wir wollen Brot und keinen Alkohol."

Nun ergriff der Dritte das Wort, der Kleinste von ihnen, er hatte sich bisher zurückgehalten.

„Also, was ist? Wollt ihr nicht darauf trinken, dass Hitler kaputt ist? Wir haben euch doch befreit!"

Diesen Satz sollten wir auf unserem Weg nach Hause Tag für Tag, Nacht für Nacht hören.

Völlig unerwartet meldete sich von der oberen Pritsche Lidia:

„Was ist los, Mädchen? Warum sollen wir nicht mit ihnen trinken? Da fällt uns doch kein Zacken aus der Krone. Gestern ist doch auch nichts passiert."

„Wir wollen schlafen und nicht trinken", sagte Maria.

„Dann schlaft. Und wir gehen mit ihnen in ein anderes Zimmer. Das verdienen sie wohl – dafür, dass sie es den Deutschen gezeigt haben. Was ist, Marysia?" Sie blickte Marysia fragend an.

Die aber brummte nur irgendetwas Unverständliches und kletterte in ihr Bett.

Als die Rotarmisten sahen, dass die Sache nicht völlig aussichtslos war, schlugen sie einen jammernden Ton an: Sie klagten über das Soldatenschicksal, die durch den Krieg verursachte Zeitverschwendung, den Hunger, die Kälte, die Verwundungen, die Sehnsucht nach dem geliebten Mädchen.

Lidia rutschte von ihrer Pritsche herunter und sagte zu Wanda, mit der sie befreundet war:

„Komm, zu zweit ist es lustiger."

Überraschenderweise schloss sich ihnen Mila an. In der bedrückenden Stille, die eintrat, nachdem die drei zusammen mit den Soldaten den Raum verlassen hatten, hörten wir die leise Anweisung von Frau Dr. P.:

„Walunia und alle jungen Frauen nach oben, die älteren nach unten. Zerzaust euch die Haare, macht euch auf alt."

Es entstand ein wildes Durcheinander. Walunia tauschte ihren Platz mit Danka. Die sah mit ihren fünfundzwanzig Jahren infolge der Abmagerung doppelt so alt aus.

Wir schliefen nicht, obwohl es im Haus still war, aus dem Zimmer gegenüber kamen keinerlei Geräusche. Irgendetwas lauerte in dieser Stille, etwas Ungutes.

„Vielleicht sollten wir mal nachsehen?", flüsterte Jadzia.

„Wozu denn?" Martas Stimme klang hart.

Die Minuten vergingen langsam, der Mond stand nun direkt im Fenster, in seinem Licht waren unsere Gesichter porzellanweiß. Maria betete leise, Walunia schluchzte krampfartig. Wir bemühten uns, sie zu beruhigen.

„Lasst sie", sagte Frau Dr. P., „sie hat einen Schock."

Wir schwiegen, aber keine von uns schlief. Mit gespitzten Ohren versuchten wir, irgendwelche Lebenszeichen von der anderen Seite des Flurs zu erhaschen. Aber es war die ganze Zeit entsetzlich still. Schließlich, nach einer Stunde oder zwei, ertönte ein Krach, Mila stürzte schreiend ins Zimmer:

„Hilfe!"

Sie klammerte sich an meine Bettkante und ich versuchte, sie nach oben zu ziehen, aber sie rutschte kraftlos hinunter, sie schnappte nach Luft, aus ihrem Mund roch es nach Karbol.

Marysia die Große, die unten lag, stemmte sie hoch. Gerade noch rechtzeitig, denn schon knallte die Tür, der Rotarmist kam mit einem Revolver in der Hand ins Zimmer gestürzt, verfing sich in seinen heruntergelassenen Hosenbeinen und rammte gegen das Fensterbrett, so dass die Scheiben klirrten.

„Wo ist sie? Ich bringe sie um, die Hure! Ich bin ein Held! Ich bin ein Sieger!"

Das, was nun geschah, glich der Sequenz aus einem absurden Gruselfilm. Aus einer Ecke war eine seltsame Stimme zu hören, krächzend, verstellt, aber dennoch für uns erkennbar:

„Na, du! Wen willst du denn? Mich vielleicht?"

Der „Sieger" drehte sich rasch um und bewegte sich auf Danka zu, die neben der Pritsche stand und die Zähne fletschte wie ein grinsender Totenkopf. Er sah sie an und spuckte aus, offenbar war er nicht total betrunken.

„Hau ab, Alte!"

Er bückte sich, um auf die Pritsche zu schauen, da packte ihn Danka am Gürtel. Mit quengelnder, jammernder Stimme fing sie an, sich zu beklagen. Sie sei nicht älter als die da, die ihm abgehauen sei, nur dass die Deutschen sie – sie suchte nach dem entsprechenden Wort, fand es aber nicht und sagte: kaputt gemacht hätten. Ihr Mann sei ein „molodjez" gewesen, ein „Teufelskerl", genau so einer wie der Genosse Soldat, sie wisse, was ein richtiger „muschtschina" – ein richtiger „Mann" – sei, sie wolle einen richtigen „muschtschina" … (Danka war in Birkenau im Orchester gewesen, das nach dem Tod von Alma Rosé von zwei Russinnen geleitet wurde, daher kannte sie wohl einzelne Wörter auf Russisch.) Der Held – fuhr sie fort – solle zuerst sie befriedigen und dann könne er sich die Dumme da nehmen, die nicht wisse, wie gut es sich anfühle, unter einem Mann zu liegen … Sie hielt ihn am Gürtel fest und er schwankte hin und her, schließlich murmelte er: „Egal!" und: „Leg dich hin!", worauf sie erwiderte, dass er sich zuerst hinlegen solle, sie komme gleich, in einer Minute, sie mache nur schnell Pipi – genau so sagte sie es und erklärte dann auch, warum sie vorher Pipi machen müsse: Sie habe eine schwache Blase, die Deutschen hätten sie gefoltert, kaputt gemacht, aber egal, den Soldaten werde es wohl nicht stören, wenn ein paar Tröpfchen rauskämen. So plapperte sie in einem fort und drückte ihn dabei auf die Pritsche. „Du bist tapfer, du bist ein Held", lobte sie ihn überschwänglich und als er endlich lag, rannte sie raus. War sie wirklich zur Toilette gegangen? Was würde passieren, wenn sie sich in irgendeiner Kammer versteckte und nicht zurückkäme? Auch der Soldat wurde ungeduldig. „He, wo bist du denn, Alte?", brummte er zornig. Aber da kam sie schon zurück und hockte sich neben das Bett. „Na, mein Kleiner, wie geht's? Hast du's bequem? Choroscho? Alles gut?" Er antwortete mit seinem „Leg dich hin" und wiederholte das die ganze Zeit, während sie um ihn herumscharwenzelte und eifrig zustimmte: Ja, ja, sie werde sich gleich hinlegen, sie werde ihm nur noch die Stiefel ausziehen, „denn man darf doch nicht mit Stiefeln im Bett liegen", seine armen Füße müssten sich erholen, die seien doch von den langen Märschen ganz kaputt, genauso wie er selbst, der „Held", der „Sieger", sie kniete nieder und mühte sich mit seinen Stiefeln ab. „Du bist müde, mein Kleiner, du bist müde", beschwor sie ihn wie eine Zauberin und er murmelte immer wieder: „Leg dich hin, na los, leg dich hin!", immer leiser, immer schwächer, schließlich schlief er ein. Ein Gestank erfüllte das Zimmer, die Stiefel waren ausgezogen.

„Und wieder hat der schlaue Pole den gutmütigen Russen hinters Licht geführt", bemerkte Marysia Russisches Herz halb sarkastisch, halb bewundernd.

Ein allgemeiner Seufzer begrüßte das Schnarchen des Rotarmisten. Walunias Schluchzen verstummte, Mila, die neben mir lag, hörte auf zu zittern. Danka legte sich wortlos neben Frau Dr. P. Niemand kommentierte ihr Glanzstück, das Schweigen der „Heldin" gebot auch uns, nichts zu sagen. Wir schliefen aber nicht, denn der „gutmütige Russe" konnte jeden Moment aufwachen.

Der Mond verschwand aus dem Rechteck des Fensters und das erste Licht des früh anbrechenden Maimorgens drang herein, als es im Flur laut wurde, beschlagene Stiefel trampelten an unserer Tür vorbei, Teile der Barrikade wurden umgestoßen, Flüche waren zu hören, bis der Lärm schließlich draußen verstummte. Sie waren weg. Sie waren fortgegangen, ohne sich um ihren Kameraden zu kümmern, der im Übrigen tief und fest schlief und in allen nur erdenklichen Tonlagen schnarchte. Zum Glück war er von diesem Krach nicht wach geworden. Wir fassten Mut. Dass bloß nicht andere auftauchten! Mit dem hier würden wir schon irgendwie fertigwerden, bevor er nach seiner Pistole greifen konnte.

„Na, seht ihr", nörgelte Elżunia, „das war nur zu schaffen, weil er sich nicht auf den Beinen halten konnte. Ja, ja, sich nicht wie die Schafe zur Schlachtbank führen lassen." Und ohne eine Antwort abzuwarten, fügte sie hinzu: „Vielleicht hört ihr jetzt auf, euch zu wundern, dass die an der Rampe widerstandslos ins Gas gingen, obwohl sie gegenüber den SS-Männern weit in der Überzahl waren."

*

Elżunia war eine katholische Jüdin und stammte aus Kalisz. Schon ihre Eltern waren getauft. Als die Besatzer ein Getto errichteten, brachte der Vater die Tochter in die Gegend von Kielce zu einem Freund, der wie er Arzt war. Sie arbeitete bei ihm im Krankenhaus als Krankenschwester bis zu dem Zeitpunkt, als die Gestapo einem verletzten Partisanen auf die Spur kam. Ein Teil des medizinischen Personals wurde verhaftet, unter ihnen war Elżunia. Sie kam in das berüchtigte Radomer Gefängnis, in dem sich auch Frau Dr. P., Teresa und die drei Schwestern Maria, Jadzia und Marta befanden. Die Radomerinnen mochten Elżunia und schützten sie später in Birkenau, wie und wo sie nur konnten. Vor den Polinnen genauso wie vor den Jüdinnen. Eine Zeit lang arbeitete sie in der Schneide-

25

rei, zusammen mit Maria und Jadzia. Wenn Elżunia gefragt wurde, warum sie das Dreieck trug, das doch eigentlich für politische Häftlinge vorgesehen war, antworteten die Freundinnen für sie: „Weil sie verletzte Partisanen gepflegt hat." Die Polinnen übrigens begnügten sich mit Sticheleien, auch wenn diese ganz schön wehtaten, wie etwa die mit den „Schafen" und der „Schlachtbank". Gefährlicher waren die Jüdinnen, sie hielten Elżunia vor, dass sie sich drücke, und forderten sie auf, die Nummer mit dem Stern und das gleiche Schicksal wie sie zu tragen. Die Denunziationen, die bis zur Schreibstube vordrangen, wurden glücklicherweise von der Rapportschreiberin Katia abgefangen. Sie war eine slowakische Jüdin, die aber dennoch eine der drei wichtigsten Funktionen, die Gefangene übernehmen konnten, innehatte. Katia also begab sich persönlich in die Schneiderei, um der Sache auf den Grund zu gehen. Sie riet Elżunia und ihren verbündeten Freundinnen, die Stichlerinnen zu ihr zu schicken, sie werde ihnen schon erklären, was sie nicht wüssten. Bald darauf veranlasste sie übrigens Elżunias Verlegung in den Kinderblock. Die Protektion der einflussreichen „Prominenten" bewirkte, dass sie dort ziemlich große Freiheiten hatte. Sie nutzte diesen Spielraum und organisierte Lebensmittel, Medikamente und sogar Spielzeug für die Kinder. Sie riskierte viel – den Verlust der Position und damit auch möglicherweise den Verlust des Lebens. Einmal brachte sie aus dem Magazin Zucker mit, aber bevor sie die wertvolle Beute verstecken konnte, stürzte die „Torwache" herbei: „Durchsuchung!" Elżunia verlor nicht den Kopf. Sie lief mit dem Behälter in den Block und rief: „Kinder, stellt euch auf! Schnell! Hände ausstrecken!" Innerhalb einer Minute war von dem Zucker keine Spur mehr, auch nicht auf den sauber geleckten Handflächen. Die SS-Frauen, die etwas gewittert hatten, zogen unverrichteter Dinge wieder ab. Nachdem die Kinder in „Kinderheime" gebracht worden waren, kam Elżunia in andere Kommandos. Sie überlebte den Todesmarsch, den Aufenthalt unter den Zeltplanen in Ravensbrück und befand sich mit uns in Neustadt-Glewe und zum Schluss in dem verlassenen Fliegerquartier.

*

„Was ist mit den beiden?" Hélène machte sich Sorgen um Wanda und Lidia. „Vielleicht sollten wir mal nachsehen?"

26

Mila hörte das. Sie wollte etwas sagen, aber sie stöhnte nur, aus ihrem Mund kam ein Schwall Erbrochenes und tropfte von der Bettkante auf Hélènes Pritsche.

„Was, zum Teufel, kannst du nicht zum Klo gehen?" Hélène wischte sich die Stirn ab.

„Eine Schüssel …", ächzte Mila.

Bevor ein Gefäß gefunden war, hatte sie sich erneut übergeben. Frau Dr. P. kletterte nach oben, fühlte den Puls, ließ Mila die Zunge herausstrecken und spreizte mit ihren Fingern ihre Lider auseinander.

„Gott sei Dank hat sie dieses Dreckszeug ausgespuckt. Falls eine von euch noch etwas Milch hat, dann soll sie ihr die überlassen."

Irgendwie gelang es uns, Mila nach unten zu holen. Wir hantierten nun schon mutiger, der schlafende Soldat erschien uns nicht bedrohlich, mit entblößtem Gemächt sah er wehrlos und sogar lächerlich aus. Eine von uns fand einen Lappen und warf den auf ihn. Wir flößten Mila aus Milchpulver zubereitete Milch ein. Sie schluckte ein paar Löffel davon hinunter und erbrach dann alles. Beide Marysias schleppten sie zur Toilette. Aber Marysia Russisches Herz kam sofort zurück. Ihr Gesicht war kreidebleich. Sie lehnte sich an die Wand und rutschte dann langsam daran herunter. Auf die Frage, was mit Mila sei, stammelte sie:

„Die … Oh Gott …"

Frau Dr. P. ging hinaus, Elżunia folgte ihr.

„Wanda ist tot und Lidia liegt im Sterben", stieß Marysia wie in einem Anfall von Schluckauf hervor.

Frau Dr. P. kam zurück und in diesem Moment hielt draußen mit quietschenden Reifen ein Jeep. Zwei Soldaten sprangen heraus, rannten ins Haus und stürzten in unser Zimmer.

„Wo ist der Soldat?" Sie hatten beide einen Revolver in der Hand.

Waren das seine nächtlichen Kameraden oder zwei andere? Sie entdeckten den Schlafenden und waren überrascht. Mit durchdringendem Blick musterten sie das Zimmer. Aha, die Mädchen hatten es ihm also besorgt. Welche wohl? Nur eine? Oder vielleicht alle? Sie rüttelten den unschuldig schnarchenden Soldaten an der Schulter.

„Steh auf! Na los, steh auf!"

Er erwachte, kam zu sich und in seinen Augen flackerte Angst. In Panik suchte er seine Stiefel. Die beiden anderen wühlten im Bett herum. Sie fanden die Waffe und wunderten sich noch mehr.

„Was seid ihr denn für welche?"

„Polinnen, aus dem Konzentrationslager", erwiderte Frau Dr. P. und fügte hinzu, dass im Zimmer gegenüber zwei Frauen liegen, wahrscheinlich mit Alkoholvergiftung, ob sie sie nicht ins Krankenhaus bringen könnten, vielleicht könne man sie retten?

Sie gingen wortlos hinaus und kamen gleich darauf wieder. Sie könnten sie nicht mitnehmen, sie seien von der Gendarmerie und nicht vom Sanitätsbataillon, aber sie würden es bei der entsprechenden Stelle melden, der Krankenwagen müsste innerhalb einer Stunde da sein. Sie schubsten den zu Boden schauenden Soldaten vor sich her und fuhren weg.

Eine halbe Stunde später lebte Lidia nicht mehr. Sie hatte verzweifelt gekämpft und alles hinuntergeschluckt, was ihr eingeflößt worden war, um es sofort wieder zu erbrechen. „Verzeih mir, Milena, verzeih mir!", wiederholte sie. Die über sie gebeugte Frau Dr. P. musste schwören, dass die Tochter nichts von dem schmählichen Ende ihrer Mutter erfahren würde. In den letzten Momenten war Lidia wohl bei klarem Bewusstsein. Von einem unbeschreiblichen Grauen erfasst, ließ sie ihren Blick durch das Zimmer schweifen: „Ich bin so dumm, so dumm …" Wir brachten sie an eine Stelle, an der es trocken war, damit sie nicht in der Lache von Erbrochenem und Kot lag. Wenigstens das konnten wir für sie tun.

Nur Mila war am Leben geblieben und es bestand Hoffnung, dass sie dem Gift trotzte. Zwar schwitzte sie fast aus allen Poren, aber sie übergab sich seltener. Auf Elżunias Frage, ob die anderen beiden vergewaltigt worden seien, brach sie in Tränen aus:

„Nach diesem Zeugs wussten sie überhaupt nicht mehr, was mit ihnen passiert."

„Und du hast nichts getrunken?"

„Ich habe nur so getan als ob, so lang das ging. Später, das wisst ihr ja, bin ich abgehauen."

Um drei Uhr nachmittags erschien vor dem Haus ein Gefährt, das an den Leichenwagen in Birkenau erinnerte. Es wurde von zwei Männern in Zivil gezogen, ein dritter, in einem weißen Kittel, ging an der Seite. Das war der Krankenwagen, er kam jedoch nicht vom Militärlazarett, sondern vom städtischen Krankenhaus.

„Die sind ja tot", stellte der Arzt fest, wobei er kaum hinschaute. Er kniete sich dann aber doch hin und begann mit einer flüchtigen Untersuchung. Irgendwann hob er den Kopf und warf die Frage in den Raum – oder vielleicht stellte er sie sich nur selbst –, ob die Soldaten der Wehrmacht auch vergewaltigt hätten.

Frau Dr. P. konnte sich erst nach einer Weile zu einer Antwort durchringen:

„Ich weiß nicht, wie es in den anderen Ländern war, in Jugoslawien oder in der Ukraine, in Polen jedenfalls haben sie nicht vergewaltigt. Sie haben Menschen erschossen, Dörfer angezündet, aber nicht vergewaltigt."

Der Arzt nickte mit dem Kopf.

„Danke", sagte er.

„Wofür?" Frau Dr. P. schien durch dieses „Danke" beleidigt. „Es gab doch so was wie Rassenschande."

Der Arzt erwiderte nichts und nahm ein Notizbuch zur Hand. Er müsse die Personalien der Toten aufnehmen. Keine von uns kannte jedoch Lidias Nachnamen. Er notierte also nur den Vornamen, die Nationalität und die auf dem Unterarm eintätowierte Nummer.

„Arme Weiber …", murmelte er.

Dann untersuchte er Mila. Für eine Magenspülung sei es zu spät, außerdem hätten sie gar nicht die Gerätschaften dafür, die Russen hätten alles mitgenommen. Wenn sie aber dennoch ins Krankenhaus wolle, dann … Mila protestierte: „Auf keinen Fall!" Der Deutsche bestand nicht darauf.

Er erlaubte Maria, für Lidia und Wanda ein Gebet zu sprechen, und als die beiden Leichen bereits auf dem Wagen lagen, sagte er, dass er uns raten würde, uns zu überlegen, ob wir nicht zu den Amerikanern gehen wollten, hinter die Elbe. Jetzt sei das noch möglich, die Leute zögen hin und her, wir würden als Französinnen oder Holländerinnen durchgehen … Aber auf alle Fälle sollten wir in die Stadt umsiedeln. Wenn wir hierblieben, dann werde uns das gleiche Schicksal ereilen wie die da. In der Stadt könnten wir uns problemlos bei Deutschen einquartieren. Es sei die Zeit gekommen, in der jeder gerne einen ehemaligen KZ-Häftling bei sich aufnehme, ergänzte er mit einem bitteren Lächeln.

Kaum waren sie weg, verkündete Hélène, dass sie nach Ludwigslust gehe.

„Ich auch", sagte Ziuta.

„Aber ihr wolltet doch nach Polen zurückkehren", wunderte sich Marta.

„Es gibt unterschiedliche Arten der Heimkehr", antwortete Hélène barsch und kurz darauf fügte sie hinzu, so als ob sie sich rechtfertigen wollte: „Auch solche wie die von Wanda und Lidia."

*

Über Hélène und Ziuta wussten wir nicht viel. In Birkenau hatten sie in der Küche gearbeitet. Sie hielten zusammen, obwohl sie eigentlich nur verband, dass sie beide in Frankreich geboren worden waren, in polnischen Emigrantenfamilien. Hélènes Art verriet, dass sie aus gutem Hause kam, während Ziuta, die kein Blatt vor den Mund nahm, ganz und gar vermissen ließ, was man Kinderstube nennt. Auch ihr Franzosentum erschien uns zweifelhaft. Warum hatten sie auf ihrem Winkel ein „P" und kein „F"? Sie zuckten angesichts solcher lästigen Fragen bloß mit den Schultern. Woher sollten sie das wissen? Vielleicht, weil sie in Polen verhaftet worden waren, zusammen mit den polnischen Familien, bei denen sie unglücklicherweise gerade Ferien machten. Aber was das betraf, äußerten diejenigen, die mit Vorliebe ihre Nase in die Angelegenheiten anderer steckten, ebenfalls Zweifel. Eine, die ein paar Brocken Französisch konnte, belauschte ihre Gespräche und aus denen ging angeblich hervor, dass Ziuta zu „Gastspielen" in das Land ihrer Vorfahren gereist war. In ihrem Benehmen wollte man nur zu gerne die Art eines leichten Mädchens erkennen. In die Küche kamen oft Häftlinge, die für die Wartung der Geräte zuständig waren. Ziuta war immer zugegen, egal, ob es sich um einen „Prominenten" in gebügeltem Sträflingsanzug oder um einen „Muselmann" handelte. Hauptsache, sie trugen Hosen, sagten böse Zungen. Auch SS-Männer verschmähte sie nicht. Einer der Küchenchefs war so gebannt von ihren kohlschwarzen Augen, den Grübchen in ihren Wangen und ihren dunklen Locken, die unter dem Kopftuch hervorschauten, dass er, ohne mit der Wimper zu zucken, demjenigen Block einen Topf Suppe mehr zuteilte, für den sie vorsprach. Aber andere Dinge fanden natürlich nicht statt. Der SS-Mann dachte an die „Rassenschande". Auch Ziuta war klar, wie eine „Liaison mit einem Herrenmenschen" für sie enden würde.

Ebenfalls regelmäßig besuchte der Ofenreiniger, ein Franzose, die Küche. Hélène und Ziuta waren, wenn er kam, sofort in der Nähe des Kessels, wo er arbeitete. Sobald er weg war, stritten sie aus Spaß: „Das ist mein Verlobter!" „Gar nicht wahr, meiner!" „Er hat mir einen Heiratsantrag gemacht!" „Na und? Beim nächsten Mal macht er mir einen Heiratsantrag!" Im Herbst 1944 verloren sie den Verlobten – er ging „auf Transport".

*

So waren wir also nur noch neunzehn. Der Ratschlag des Arztes, eine Unterkunft in der Stadt zu suchen, stellte sich als gut heraus. Die alten Leute, bei denen wir vier – Maria, Jadzia, Marta und ich – anklopften, waren im ersten Moment sehr erschrocken. Sie kannten uns, denn sie wohnten gegenüber der leer stehenden Fabrikhalle, in der unser Kommando verlauste Pelzmäntel eingepackt hatte. Manchmal, wenn der Chef, früher Unterscharführer in Dachau, es erlaubte, schickten sie eine Kanne mit gesüßtem Kaffee herüber oder einen Topf mit Pellkartoffeln – eine große Delikatesse zu einer Zeit, in der die Lagersuppe nur dünne Kohlrübenstreifen enthielt und man nicht jeden Tag eine Scheibe Brot bekam. Diese alten Leute hatten Mitleid gezeigt, vielleicht deswegen, weil sie selbst nicht viel besaßen. Aber als sie uns nun als freie Menschen sahen, bekamen sie Angst. Sie beruhigten sich erst, nachdem wir ihnen versichert hatten, dass wir nur bei ihnen übernachten wollten, egal wo, auch auf dem Fußboden. Und sie waren erstaunt über unsere Mitteilung, dass wir am nächsten Tag nach Hause aufbrechen wollten. In den Osten? „Um Gottes Willen …" Alle würden in Richtung Westen gehen. Alle. Nicht nur die SS-Männer und die, die etwas auf dem Gewissen hätten, nicht nur die aus der Partei, auch die gewöhnlichen Leute und vor allem die Fremden, die ehemaligen Zwangsarbeiter ebenso wie die aus den Konzentrationslagern, alle fliehen vor den Russen.

Das waren recht anständige Leute. In ihrem Häuschen, das aus zwei kleinen Zimmern und einer etwas größeren Küche bestand, fanden sie einen Schlafplatz für uns und sogar etwas zum Zudecken. Aber als es Zeit war zum Abendessen, zuckten sie mit den Schultern: Sie hätten nur Zwieback und Kartoffeln im Keller. Also holten wir unsere Lebensmittelpäckchen hervor und baten sie zu

Tisch. Angesichts der Dosenpastete waren sie völlig außer sich und erneut versuchten sie, uns von dem Gedanken abzubringen, in den Osten zu marschieren. Die Rote Armee sei ein wilder Haufen, Flüchtlinge aus Ostpreußen erzählten schreckliche Dinge ... „Aber sie sind ja keine Deutschen", beruhigte die Alte ihren Mann. „Nun ja, vielleicht werden sie sich ihnen gegenüber nicht so verhalten", lenkte er zögerlich ein.

Nein, das waren keine schlechten Leute, stellten wir, gerührt von der freundlichen Aufnahme, fest und keine von uns sprach die im Kopf kreisende Frage aus, wie sie sich vor zwei, drei Jahren verhalten hatten, als das verkündete Tausendjährige Reich auf gutem Weg zu sein schien, seine Verheißungen zu erfüllen. Es war doch noch gar nicht lange her, keine zwei oder drei Wochen, dass die Flegel aus der Hitlerjugend uns als „Banditen" beschimpft und mit Steinen beworfen hatten, und das war mitten in der Stadt geschehen und keiner der zahlreichen Passanten hatte reagiert. Aber am Ende ... Lohnte es sich, jetzt darüber nachzudenken? Wir verdankten den alten Leuten eine ruhig durchgeschlafene Nacht und etwas sehr Wertvolles: die Information nämlich, dass sich bei einem der Nachbarn (ein fieser Typ und Mitglied der NSDAP) ein vierrädriger Handwagen befinde. Der Nachbar sei hinter die Elbe abgehauen und das Gefährt könne man sich getrost ausborgen. „Die Arme!" Der Alte war besonders wegen der hinkenden Jadzia besorgt. „Sie kann darauf sitzen, wenn sie zu müde ist zum Gehen."

Also luden wir unsere armselige Habe auf das Wägelchen: die Vorräte aus den amerikanischen Päckchen, einige Decken, die wir aus dem Lager mitgenommen hatten, und das Akkordeon. Ja, das Akkordeon hatte ich, Danka hatte es mir geschenkt, als wir das Haus am Flughafen verließen. Sie könne es nicht gebrauchen und sie habe keine Kraft, es zu tragen. Daheim in der Nowogrodzka-Straße sei das Klavier zurückgeblieben und selbst wenn es weg sei, dann gebe es bestimmt noch den Flügel in Milanówek, sie müsse sich jetzt vor allem darum kümmern, dass sie selbst ans Ziel komme. In der Tat sah die große, magere Danka mit ihren dünnen Beinen aus, als könne der kleinste Windhauch sie umpusten. Das Akkordeon war also nun mein Eigentum und ich beschloss, es mitzuschleppen, egal was geschehen würde, und es meinem Bruder als Mitbringsel zu schenken.

Zur vereinbarten Stunde fanden wir uns am Treffpunkt ein. Jadzia saß auf dem Wagen und das sollte als Ankündigung dafür gelten, dass dies so bis zum Ende des Weges bleiben würde. Janka aus Poznań beneidete uns sehr um unsere Errungenschaft. Seitdem unsere Rückkehr beschlossene Sache war, hatte sie darüber nachgedacht, wie sie zu einem Transportmittel kommen könnte. Nun ließen sich ihre Vorstellungen konkretisieren: Wenn wir ein Pferd hätten! Dann könnten wir es vor dieses Wägelchen spannen und – ab die Post! Wie schnell wir da vorankämen! Begeistert von dieser Idee sah sie in alle Gehöfte hinein, an denen wir vorbeigingen. Und dann entdeckte sie vor einem recht stattlichen Haus am Ende des Dorfes zwar kein Pferd, aber etwas, was auch nicht zu verachten war: einen Haufen Fahrräder. Bevor noch jemand von uns reagieren konnte, war sie schon in den Hof gehuscht. Wir blieben besorgt stehen. Wie würde das ausgehen? Janka aber, als ob ihr nicht klar wäre, was sie da tat, nahm das erstbeste Rad und drehte den Lenker hin und her, dann prüfte sie etwas bei den Pedalen. Da erschien in der Haustür ein Mann in der uns vertrauten Uniform, wahrscheinlich ein Offizier, obwohl aus der Entfernung sein Rang nicht zu erkennen war. Wir hörten weder seine Frage noch Jankas Antwort, wir sahen nur ihre Handbewegung, mit der sie in unsere Richtung wies. Der Offizier blickte einen Moment lang zu uns her und sagte wieder etwas und dann geschah Folgendes: Janka küsste ihn zuerst auf die eine, dann auf die andere Wange, stieg auf das Rad und kam schnell zu uns.

Was hatte sie ihm erzählt, dass er uns so beschenkte? Na das, was wir immer erzählen: dass wir aus dem Konzentrationslager kommen, dass wir vorher in Auschwitz waren, wo wir auf sie gewartet hätten, dass es den Deutschen aber gelungen sei, uns zu evakuieren, dass unter uns Kranke seien, die kaum gehen könnten, wenn also der Herr Kommandant uns ein, zwei Räder für die Schwächsten schenken könnte … Er verstand offenbar, worum es ging, denn er fragte – und Janka wiederholte es genau: „Und was bekommt der Herr Kommandant dafür?" Sie antwortete mit einer etwas riskanten Frage: „Was möchte der Herr Kommandant denn dafür haben?" Und hörte: „Der Herr Kommandant möchte dafür ein Bussi." Genau so sagte er es: „ein Bussi". Das fiel ihr gar nicht auf, sie hatte keine Zeit zum Nachdenken, sie gab ihm einen Schmatz auf die Wange und dann noch einen zweiten, ohne zu überlegen, ohne Hemmungen, so, als ob sie ihren Vater küsste, der ihr einen Wunsch erfüllt hatte, dieser Offizier war kein junger Mann mehr und er sah gutmütig aus.

So lautete Jankas Beichte, die sie vor der höchsten Autorität ablegte – vor Maria. Nachdem sie die Absolution erhalten hatte, schlug sie großmütig vor, das Rad gemeinsam zu benutzen: Jede fährt ein paar Kilometer, hält dann an und wartet auf die anderen. Die Begeisterung, die diese Idee besonders bei den Jüngeren auslöste, wurde von Frau Dr. P. gedämpft. Sich von der Gruppe zu entfernen hieße ein Unheil heraufzubeschwören. Ob wir Wandas und Lidias Schicksal schon vergessen hätten? Wir seien wie Schafe inmitten von Wölfen. Hungrigen Wölfen. Die Herde müsse beisammenbleiben, ein einzelnes Schaf sei eine viel zu leichte Beute. Das wirkte. Aus dem Gedächtnis tauchte das Bild von zwei in Kot, Blut und Sperma liegenden, geschändeten Körpern auf. Die freudestrahlenden Gesichter verfinsterten sich. Worauf hatten wir uns da eingelassen?

Neben uns auf der Landstraße, an deren Rand wir im Gänsemarsch hintereinander hergingen, fuhren Panzer, Panzerwagen und Laster vorbei. Einige bremsten scharf, unter den Rädern spritzten kleine Stückchen zerbröselten Asphalts. „Djewuschki, Mädchen, kommt her zu uns!" Das war noch eine galante Aufforderung. Meistens aber wurde es konkreter: „He, lasst uns bumsen!" Da war keine mehr von uns, selbst Janka nicht, erpicht, auf das Fahrrad zu steigen. Eben noch stolz auf ihre Errungenschaft, war sie nun bereit, das Ding in den Graben zu werfen, wenn es doch eher hinderlich als hilfreich war. Mila, die sich beim Gehen an der Seite des Wagens festklammerte, hielt Janka davon ab. Sie könne das Fahrrad schieben und sich so darauf abstützen. Sie wollte sich nicht auf den Wagen setzen und sich ziehen lassen. Und wir bestanden nicht auf unserem Vorschlag.

Wir waren von Neustadt-Glewe – gut ausgeschlafen und voller Tatendrang – mit der Absicht aufgebrochen, mindestens dreißig Kilometer zurückzulegen. Aber schon nach einer Stunde Marsch schleppten wir uns mühsam dahin, was bis zu einem gewissen Grad eine Folge unserer Selbstdarstellung war. Der Rat der Älteren, uns zu bemühen, gebrechlich auszusehen, zeigte Wirkung. In Kopftüchern, die wir so banden, dass sie die Stirn halb verdeckten, und mit gesenktem Blick schritten wir dahin und ahnten das Soldatenvolk, das wie ein Schwamm unseren Zug gierig aufsaugte, eher, als dass wir es sahen. Nicht nur Frau Dr. P., Maria, Jadzia und Mila ähnelten den alten Mütterchen, die man gewöhnlich vor Kirchen antrifft. Auch Agnisia aus Brzesko und Walunia, die Jüngste von uns, und die hübsche Oleńka aus Krakau machten den Eindruck, als könnten sie sich kaum auf den Beinen halten, oder humpelten übertrieben, wenn sich ein Militärfahrzeug näherte. Die ganze Gruppe, so gebückt und zu Boden gebeugt, erinnerte an die „Muselmänninnen" aus dem Leichenkommando.

*

Oleńka, vor ein paar Monaten noch eine elegante Schreiberin in Birkenau, war der Liebling von Oberaufseherin Mandl gewesen, die die Güte hatte, sie „Meißenpuppe" zu nennen. Denn die Oberaufseherin war eine Ästhetin. Selbst eine schöne Frau, hegte sie nicht die unter dem SS-Gefolge übliche Abneigung gegen hübsche weibliche Häftlinge. Sie wählte für die Schreibstube Mädchen aus, die Deutsch sprachen und nett anzusehen waren. Dabei interessierte es sie nicht, was sich die Auserwählten hatten zuschulden kommen lassen. Wenn eine, die in die Politische Abteilung bestellt worden war, nicht zurückkehrte, reagierte die Oberaufseherin darauf mit einem Schulterzucken: „Nun ja, sie hat halt ihre Strafe gekriegt." Und ihrer „Meißenpuppe" hätte das passieren können. Denn in der Wohnung, in der sie zusammen mit ihrem Bruder, einem Soldaten der Heimatarmee, gelebt hatte, fand die Gestapo Waffen. Der Bruder schaffte es, in den Wald zu fliehen, Oleńka kam ins Montelupich-Gefängnis und nach monatelangen Verhören nach Auschwitz. Ein halbes Jahr wurde sie bei der Feldarbeit eingesetzt, bis sie dank ihrer Deutschkenntnisse in der Schreibstube angestellt wurde. Dort war es kalt und es gab kaum etwas zu essen, aber es war sauber und wenn man Päckchen von zu Hause bekam, konnte man am Leben bleiben. Oleńka trug Zivilkleidung und hatte nur einen roten Streifen auf dem Rücken, sie stolzierte auf der Lagerstraße umher wie die Verkörperung des KZ-Liedes: „Wir sind jung, wir sind jung, uns bringt das Lager nicht um."

Im November 1944, als das Führungspersonal der SS-Mannschaft von Auschwitz in Lager im „Altreich" floh, wollte Oberaufseherin Mandl ihre „Meißenpuppe" mitnehmen. Oleńka war

35

verzweifelt. Von hier bis nach Hause waren es nur sechzig Kilometer und das Ende des Krieges war abzusehen! Frau Dr. P. brachte Hilfe. Eine Spritze mit Milch verursachte hohes Fieber und Oleńka kam in den Krankenbau. Mehrmals erkundigte sich die Oberaufseherin nach ihrem Gesundheitszustand, zweifellos liebte sie ihre „Porzellanpuppe". Frau Dr. P. wusste jedoch, was zu tun war, damit das Fieber nicht sank. Sie äußerte auch die Vermutung, dass es sich um Fleckfieber handeln könnte, das stelle sich dann heraus, wenn ein Hautausschlag auftrete. Das reichte. Die Oberaufseherin verließ Auschwitz, ohne abzuwarten, was sich herausstellen würde.

*

Bis zum Städtchen Parchim, dem Ziel unserer ersten Etappe, war es nicht mehr weit. Immer öfter kamen Laster mit Soldaten vorbei und immer buckliger präsentierte sich unser Haufen. Wir hörten keine Belästigungen und keine Zurufe mehr, unter denen auch solche waren, die einen nicht gleichgültig lassen konnten: „Hitler kaputt! Krieg fertig!"

Frau Dr. P. dachte sich eine Taktik aus: Wir begeben uns zur Kommandantur und bitten um Schutz. Marysia Russisches Herz murmelte etwas von Hühnern, die sich in die Obhut des Fuchses begeben, aber der Rest von uns vertraute auf die Autorität der Ärztin. Wir schritten rasch aus, beflügelt von dem Gedanken an eine baldige Rast, als Mila plötzlich umkippte. Sie fiel zusammen mit dem Fahrrad hin. Als wir sie hochhoben, begann sie fürchterlich zu schreien:

„Ich sehe nichts! Leute, ich sehe nichts! Jesus, hab Erbarmen mit mir!"

Ihre weit aufgerissenen Augen blickten starr wie die einer Toten.

„Das ist nichts Schlimmes, das geht vorbei, das ist von der Entkräftung und vom Wasserverlust des Körpers." Marias Stimme zitterte.

Wir legten die Stöhnende, die sich das Kleid über der Brust aufgerissen hatte, auf den Wagen. Ohne Schwierigkeiten fanden wir das Krankenhaus in Parchim. Es war von den Russen besetzt, aber es arbeiteten dort auch deutsche Ärzte. Der, der Mila untersuchte, ein Mann mit hagerem Gesicht und blauen, wässrigen Augen, stellte fest:

„Wenn sie bisher nicht gestorben ist, dann überlebt sie vielleicht. Aber sie wird blind sein."

Das Wort „blind" fiel wie ein Schuss, der Arzt sprach es mit einem seltsamen Nachdruck aus und es klang so etwas wie Schadenfreude mit. Aber vielleicht erschien uns, die wir besonders empfindlich waren, das nur so? Mila bestand dieses Mal nicht darauf, dass wir sie mitnahmen. Beim Abschied bat sie uns:

„Sagt den Meinen, was mit mir geschehen ist. Und warum. Wer mir das angetan hat. Ich möchte, dass sie es wissen. Denn ich kehre nicht heim, auch wenn ich nicht sterbe. Sie sollen keinen Krüppel zu Hause haben. Aber ich möchte, dass sie es wissen. Alles. Schwört, dass ihr es ihnen sagt."

Wir schworen der Reihe nach. Bei Gott, bei Jesus Christus, bei der Heiligen Jungfrau Maria, bei unseren Eltern. Weinend schwor Maria bei ihrem kleinen Sohn, dass sie nicht vergessen werde und niemandem erlauben werde zu vergessen, was Mila angetan worden war.

Am nächsten Tag ging eine weniger in Richtung Polen. Wir sprachen nicht über Mila, wir erwähnten sie nicht mehr. Nur Maria betete für sie. Die Jüngeren betrachteten dieses Kapitel, das so tragisch am vierten Tag nach der Befreiung in der mecklenburgischen Stadt Neustadt-Glewe begonnen hatte, wohl als abgeschlossen. Vielleicht würde nun alles anders werden? Versprach diese Nacht unter dem Schutz der Kommandantur nicht eine Wende zum Guten? Es war ein Soldat zur Bewachung der Unterkunft für „die Frauen aus dem Konzentrationslager" herbeordert worden. Wir wollten nur zu gern glauben, dass es von nun an immer so sein würde, dass Frau Dr. P. eine Möglichkeit gefunden hatte, die uns Sicherheit garantierte. Die Nachricht über die bedingungslose Kapitulation Deutschlands, die sie aus der Kommandantur mitbrachte, interessierte uns nicht besonders, sie betraf irgendwie andere und nicht uns. Zwar sah der Oberst als Konsequenz aus dem gemeinsamen Sieg über Nazi-Deutschland einen ewigen Bund und eine ewige Freundschaft, eine Zukunft ohne Kriege, die gerade solche wie wir – leidgeprüfte, in den Schoß des Vaterlandes zurückkehrende Patriotinnen – aufbauen sollten, aber unsere Vorstellungskraft reichte für derlei Visionen nicht, sie befasste sich mit dem, was heute war. Unser ganzer Wille konzentrierte sich auf den Augenblick, auf das Bewältigen der nächsten Etappe, auf das Beschaffen von Essen, auf das Vermeiden der banalsten Bedrohungen, wie etwa das Wundlaufen der Füße. Jadzia, die sich die Ferse aufgescheuert hatte, saß wieder auf dem Wagen und musste gezogen werden. Das Fahrrad hingegen war Ewa zugeteilt worden, die ebenfalls Schwierigkeiten beim Gehen hatte. Ungeachtet der Warnungen, machte sie wirklich Gebrauch davon, sie fuhr zwei, drei Kilometer vor, versteckte sich im Straßengraben oder hinter einem Zaun und wartete, bis wir kamen. Glücklicherweise gingen diese Alleingänge gut aus.

*

Ewa war die zweite Warschauerin in unserer Gruppe. Sie hatte das Königin-Jadwiga-Gymnasium abgeschlossen und kam nach Auschwitz, weil aufgeflogen war, dass sie an illegalem Unterricht teilnahm. Sie war über zwei Jahre in Birkenau, bis zur Evakuierung im Januar 1945. An diesem Tag herrschten minus achtzehn Grad. Die Häftlinge taumelten und rutschten auf der von Spurrillen durchzogenen Straße, manche fielen hin. Alle paar Augenblicke krachte am Ende der Kolonne ein Schuss, jemand hatte, nachdem er gestürzt war, nicht wieder aufstehen können. Dieses Geräusch zu hören hieß sich gefährlich nah an der Grenze zwischen Leben und Tod zu befinden. Es wirkte wie ein Peitschenhieb und wir rissen uns, den Rest an Kraft in uns aufbringend, hoch, um weiterzulaufen.

Wir gingen zu viert, Schulter an Schulter. Marta und Maria stützten die hinkende Jadzia, ich trug unsere Sachen: Lebensmittel und warme Kleidung, die wir aus der Effektenkammer mitgenommen hatten. Trotz der Kälte lief uns vor Anstrengung und Angst der Schweiß über die Stirn. Der sternenklare Himmel war von Scheinwerfern erleuchtet, die Flugzeuge knatterten im Tiefflug über uns hinweg, die Erde erzitterte unter den Detonationen. Die, auf deren Ankunft wir im Lager gewartet hatten, waren uns jetzt auf den Fersen, aber wir rechneten nicht mehr mit einer glücklichen Wendung des Schicksals. Es bestand eher die Gefahr, von den Geschossen getroffen zu werden – denn sah dieser kilometerlange Zug nicht aus wie eine marschierende Armee?

Auf einmal entstand in den Reihen vor uns ein Durcheinander, die Kolonne öffnete sich zu beiden Seiten, um ein Hindernis zu umgehen. Das Hindernis schrie, man möge ihm helfen aufzustehen, aber der menschliche Strom zog schweigend vorüber, blind und taub. Auch unsere Reihe war schon vorbeigegangen, als Marta mit den Worten „Spring mal hier bei Jadzia für mich ein!" zurücklief. In der am Boden liegenden Person erkannte sie Ewa, neben ihr stand ein Konvoibegleiter mit einer schussbereiten Pistole in der Hand. „Willst du nun aufstehen oder nicht?" Es fand sich eine andere gute Seele und Ewa richtete sich zunächst auf und bewegte sich dann, gestützt von den beiden und auf einem Bein hüpfend, vorwärts. Wie lange würde sie so weiterhumpeln können und wie lange würden Martas Kraft und die der anderen, deren Namen Ewa nicht kannte, ausreichen? Sie behielt diese Frau in Erinnerung als eine der Lagersamariterinnen, über die die Wissenschaftler lieber nicht sprechen, weil sie die These vom unaufhaltsamen moralischen Verfall der Menschen in den Konzentrationslagern für eine unumstößliche Tatsache halten. Maria, die nun auch Angst um Marta hatte, betete laut: „Herr, erbarme dich, lass ein Wunder geschehen, rette sie alle!"

Und das Wunder geschah. Am Straßenrand tauchte ein Pferdegespann auf mit einem Posten auf dem Kutschbock und einem Offizier, in dem Ewa den Lagerarzt erkannte. Sie rief: „Herr Lagerarzt! Herr Lagerarzt!" Der als Arzt Angesprochene ließ den Pferdewagen anhalten und befahl Ewa, sich hinzulegen. Er kniete im Schnee und betastete ihren Knöchel. Die Konvoibegleiter, die nur ungern auf ihr Opfer verzichteten, schickte er weg, er werde sich selbst um sie kümmern. Er nahm ihren Fuß und zog daran, Ewa schrie auf. „Das wird schon wieder", befand er. Und nachdem er einen Moment überlegt hatte, wies er sie an, auf den Wagen zu steigen und es sich zwischen den Rucksäcken der SS-Männer bequem zu machen. Was regte sich da unter der Mütze mit dem Totenkopf? Das Gewissen oder vielleicht der Gedanke, dass man nun erneut ein Mensch sein durfte?

Mit dieser frohen Botschaft kam Marta zu uns zurück. Aber was mit Ewa weiter passieren würde, wussten wir nicht. Wir trafen sie nach zwei Tagen Marsch an der Bahnstation in Leslau, von wo aus wir in Güterwagen ins Landesinnere fahren sollten. Das Pferdefuhrwerk hatte sie zusammen mit den Sachen der SS-Männer bis hierher transportiert und eine Nacht hatte sie in einem richtigen Bett verbracht, in einem Haus, in dem auch die Konvoibegleiter schliefen. Die Hausherrin, eine Schlesierin, machte ihr einen Umschlag auf den geschwollenen Knöchel und am nächsten Tag, vor dem Abmarsch, bandagierte sie den Fuß ordentlich. So kam Ewa also durch ein Wunder mit dem Leben davon, war gerettet aus diesem Todesmarsch, wie die Bevölkerung der Umgebung die Evakuierung von Auschwitz später nannte, denn wochenlang hatten die Menschen nicht nur die auf beiden Seiten der Landstraße liegenden Sachen zusammengesammelt, sondern auch die Leichen der erschossenen oder – wenn es dem Henker um die Kugel zu schade war – mit Knüppeln erschlagenen Frauen und Männer. Die Verrenkung von Ewas Knöchel aber blieb nicht ohne Folgen und sollte sich in späteren Jahren immer wieder bemerkbar machen.

*

Das Haus, das wir als Unterkunft wählten, war völlig ausgeplündert – ausgeräumte Schränke und Kommoden, zerschlagene Betten ohne Matratzen. Wir begannen dennoch, uns für die Nacht einzurichten, als die ersten Besucher erschienen. Frau Dr. P. empfing sie an der Haustür und auf die Wirkung einer solchen Information vertrauend, teilte sie mit, dass wir unter der Aufsicht des Stadtkommandanten stünden und dass gleich eine Wache kommen werde, die zu unserem Schutz abgestellt sei. Sie glaubten ihr anscheinend, denn sie zogen wortlos ab. Es verging aber keine Viertelstunde, als zwei andere auftauchten. Die reagierten auf die Mitteilung, wir seien Schützlinge des Kommandanten, mit grobem Gelächter:

„Ach ja! Sieh mal einer an ... Wer seid ihr denn? Prinzessinnen?"

Es kam zu einem Wortgefecht, aus dem Frau Dr. P. nicht siegreich hervorging, ihr gewähltes Russisch hatte dieses Mal eine entgegengesetzte Wirkung, es rief Spott und Ärger hervor. Und wieder machte sich Marysia Russisches Herz nützlich. Es flammte ein Feuerwerk an Flüchen auf. „F... euch ins Knie! F... euch in den Arsch! F... euch ins Maul!" Die zwei waren verdattert. Vielleicht dachten sie, dass dies die Wache sei. Allmählich und mit unflätigen Ausdrücken um sich werfend, traten sie den Rückzug an. Bald war jedoch klar, dass in dieser Nacht an Schlaf nicht zu denken war –

die einen gingen, die nächsten kamen. Es war viel zu spät, um eine andere Unterkunft zu suchen, geschweige denn weiterzumarschieren. Der Ältestenrat entschied, dass wir auf den Dachboden ziehen sollten. Wir schlossen die Klappe zur Stiege und beschwerten sie mit allem, was wir finden konnten: mit gusseisernen Töpfen, mit einer Sitzbank, ja sogar unseren Handwagen hievten wir nach oben. Das Versteck war insofern gut, als es ohne Fenster war, durch die Dachluke konnte ein Erwachsener sich nicht hindurchzwängen.

Es brach eine Mainacht an, die allerdings nicht vom Gesang der Nachtigallen erfüllt war. Immer mehr Soldaten kamen, ständig waren Schritte im und um das Haus zu hören. Sie suchten uns. Schließlich dröhnte es auf der Bodentreppe, die Klappe knarrte, aber sie bewegte sich nicht. „Aha, dort sind die Täubchen", frohlockten sie. Sie forderten uns auf, sie reinzulassen, sie wollten uns nur „kennen lernen, reden, sich ein bisschen amüsieren". In der Stille, die in den kurzen Pausen zwischen ihren Zurufen eintrat, hörten wir unseren eigenen Atem und sogar unseren Herzschlag. Zu den Belästigungen, die immer aufdringlicher wurden, kamen Versprechen: Sie hätten Dosenfleisch, Zucker und sogar Konfekt … Es wurden immer mehr, gegen die Klappe stemmten sich bestimmt etliche Schultern, denn sie bewegte sich und hob sich ein wenig. Da sprang Janka mit beiden Beinen darauf.

„Kommt her! Alle!", zischte sie in Richtung unseres mittlerweile in eine ängstliche Herde verwandelten Haufens.

Wir drängten uns eng auf den zwei Quadratmetern der Klappe zusammen. Die Angreifer verstanden sofort, was los war. Sie begannen, uns zu drohen. Wenn wir uns so verhielten, bitte sehr! Dann würden sie auf die Klappe schießen. Und uns wie ein Sieb durchlöchern. Von unten. Wenn wir es nicht auf eine angenehmere Art wollten, dann könnten sie es auch so machen, poschaluista, bitte sehr! Wir gingen aber nicht von der Klappe runter, wir packten bloß unter uns, was zur Hand war. Am sichersten fühlten sich diejenigen, die auf dem Wagen standen. Es ertönte ein Schuss, zum Glück draußen. Wir warteten auf den nächsten, auf den, den sie uns angedroht hatten … Der fiel aber nicht. Es gab nur wieder einen erneuten Versuch, die Klappe hochzuheben, und dann vernahmen wir, wie sie sich leise berieten und schließlich laut und ostentativ die Treppe hinuntergingen. Aber das Haus verließen sie nicht, von

Zeit zu Zeit war von unten das Scharren hin und her geschobener Gegenstände zu hören. Plötzlich wurde es auf dem Dachboden dunkel, etwas verdeckte die Dachluke. Mit einem Satz war Oleńka dort und im gleichen Moment hörten wir, wie ein Soldat polternd und fluchend das Dach hinunterrutschte.

„Was hast du gemacht?", fragte Marta.

„Ich habe ihm Salz in seine Glotzaugen geschüttet."

„Oh Gott, was wird jetzt?", stöhnte eine.

Wir hatten allen Grund zum Fürchten. Auf der Treppe wurde es wieder laut. „Los, schieß!", ermunterte einer den anderen. Sekunden voller Anspannung. Denen, die auf der Klappe saßen, gaben wir, was sich fand: die Rückenlehne eines kaputten Sessels, Bücher, von denen eine Menge auf dem Dachboden herumlagen, einen Sack voll mit Stoffresten. Und auf einmal wurden Scherze gemacht:

„Aber leg das bloß dahin, wo es hingehört."

„Unter das, was am wertvollsten ist."

„Denn das glaubt dir dein Verlobter niemals, dass das von einer Kugel ist …"

Wir kicherten, erst unterdrückt, dann immer lauter. Unser Haufen, eben noch halb tot vor Angst, lachte Tränen. Die Zurechtweisungen der Älteren nützten nichts, mit unserem Galgenhumor war erst Schluss, als die in Rage gebrachten „Sieger" erneut – Gott sei's geklagt! – gegen unsere Festung anstürmten. Sie drohten uns aber nicht mehr mit Schüssen. Vielleicht waren das andere? Im Hof biwakierten ja ganze Horden. Der durch die Dachritzen dringende Lichtschein kam von einem Lagerfeuer. Die Soldaten hatten sich darum versammelt und unterhielten sich, dazwischen hörte man Lieder oder, besser gesagt, ein Lied, das andauernd wiederholt wurde: „Ach, Äpfelchen, wohin rollst du denn …"

Die rosafarbenen Linien auf dem Boden verblassten, um kurz darauf als leuchtendes, geometrisches Muster erneut zu erscheinen. Die Sonne ging auf. Die Stimmen draußen waren verstummt. Walunia, die auf den Schultern von Marysia der Großen stand, spähte aus der Dachluke. Im Hof war niemand mehr, das Lagerfeuer, das nicht gelöscht worden war, schwelte. Nur die Angst erstickte in unseren Kehlen einen Triumphschrei. Das war der Sieg über die Sieger. Wie viele solcher Schlachten würden wir noch schlagen müssen, bis wir ans Ziel gelangten? Diese Frage stellte sich in dem Moment aber wohl keine von uns. Maria und Jadzia kamen aus einer Ecke unter der Dachschräge hervor und aus ihrem Mund erklang: „Wenn der Morgenröte Strahlen …" Der anschwellende Gesang strömte mit stiller Inbrunst. Mir aber verdarb die Erinnerung an jenes widerliche und freche Lied die andächtige Stimmung – „Ach, Äpfelchen …"

*

Bald machten wir uns wieder auf den Weg. Blass und mit schwarzen Ringen unter den Augen, steuerten wir auf den Horizont zu, an dem die mit ihrem hellen Schein blendende Sonnenscheibe stand. Um diese Zeit war die Landstraße leer und trotz unserer Müdigkeit kamen wir recht schnell voran.

Als der Weg in den Wald hineinführte, beschlossen wir zu rasten. Da erschien eine Gruppe von Männern, drei von ihnen waren in Sträflingskleidung. Sie blieben stehen. Woher wir kämen und wohin wir gingen? Es waren Franzosen. Ihre Neugier wurde von der sprachgewandten Danka gestillt. Sie schlugen uns eine gemeinsame Rast vor.

Ach, diese herrlichen, majestätischen Wälder von Mecklenburg! Wie zuträglich für solche wie uns, wie hilfreich bei der Wiedererlangung des Sinns für die Schönheit der Welt, der durch das Dasein im Konzentrationslager abgestumpft war. Die Wege, die diese Wälder durchschnitten, waren wie Alleen, in der größten Mittagshitze noch kühl und gesättigt vom feuchten Atem der mächtigen Buchen, Birken und Eichen.

Die Rast war angenehm. Die Franzosen hatten Brot, das uns fehlte. Sie teilten es großzügig mit uns und erklärten, wie wir es bekommen könnten. Wir sollten nicht wegen Lebensmittelkarten zur Kommandantur gehen, mit der Bürokratie würden wir viel zu viel Zeit verschwenden. Wir sollten bloß eine Bäckerei suchen. Nicht bitten – das wäre ja noch schöner! –, sondern fordern. Die Boches hätten einen Riesenbammel, sie würden einem sofort etwas geben, damit sie die gefährlichen Kunden nur schnell wieder los sind.

„Die besiegten Deutschen sind eigentlich ganz anständig", stellte einer von ihnen fest.

Es war beinahe ein „Frühstück im Grünen" – zum Brot gab es sogar Gänsefleisch. Richtiges, gebratenes Gänsefleisch, nicht aus der Dose. Woher kamen derlei Köstlichkeiten? Ganz einfach. Es gebe doch Dörfer. Die Russen schafften es nicht, alles allein aufzufressen, etwas bleibe noch für die nicht geschlachteten Opfer Hitlers. Man schnappt sich den Vogel, macht „ratsch" – der Franzose vollführte die Geste des Halsumdrehens – und brät ihn in irgendeinem leer stehenden Haus oder am Lagerfeuer. Auf diese Weise ernährten sie sich seit fünf Tagen, sie kämen von Falkenwalde, ob wir wüssten, wo das liegt? In der Nähe des Haffs, unweit von Stettin. Sie hätten dort auf Bauernhöfen gearbeitet und die Kameraden hier in den „Pyjamas", die seien aus dem Konzentrationslager Sachsenhausen. Die Boches hätten sie in den Norden evakuiert, völlig unklar, wozu, vielleicht in der Hoffnung, sie auf irgendeinen Kahn zu laden und dann untergehen zu lassen? Zum Glück nahmen sie so schnell Reißaus vor den Russen, dass sie das nicht mehr schafften.

Das war nach so vielen Jahren der erste Ausflug ins Grüne, unbeschreiblich schön, ein Maiausflug in der Freiheit, die wir wie durch ein Wunder doch noch erlebt hatten. Danka nahm das Akkordeon und spielte für die Franzosen die Melodie „Mon cœur est un violon". Sie horchten auf. Sie waren anscheinend gerührt.

„Gaston! C'est quelque chose pour toi! Chante, Gaston! Das ist was für dich, Gaston! Komm, sing!"

Der Angesprochene reagierte nicht, vielleicht hatte er die Bitte gar nicht gehört. Er saß schweigend neben Agnisia aus Brzesko und sah sie nur an, er starrte sie geradezu an, verschlang sie mit seinen Augen. Man hätte meinen können, dass sie mit ihren Blicken zusammengeheftet waren, denn auch sie konnte ihr Gesicht nicht von ihm abwenden. Alle hatten teil an der Geschäftigkeit rund um die Mahlzeit, nur die beiden nicht. Sie sprachen nicht miteinander, offenbar hatten sie nicht das Bedürfnis dazu. Auf einmal streckte Gaston die Hand aus und strich Agnisia mit dem Zeigefinger vom Haaransatz über die Stirn, die Nase, den Mund bis zum Kinn, mit einem Ausdruck des Entzückens in den Augen, den man – wenn er nicht so ergreifend gewesen wäre – als dämlich hätte bezeichnen können.

Schließlich hörte er die Aufforderung seiner Kameraden, aber er sang nicht wie erwartet von dem Herzen, das wie eine Geige klingt … Ein anderes Lied erschien ihm in diesem Moment passender: „Sur la route, la grande route, un jeune homme va chan-

tant", sang er mit einer weichen Tenorstimme, ganz Agnisia zuge-
wandt, deren Gesicht von einem verschämten Lächeln erhellt
wurde, das wir von ihr nicht kannten, das wir vorher nie bei ihr
gesehen hatten. „Auf der Straße, auf der großen Straße geht sin-
gend ein Junge, auf der Straße, auf der großen Straße geht träu-
mend ein Mädchen." Leise übersetzte Danka die Worte des Liedes.
Es verklang das letzte „une fille rêvait, ah – ah – ah" und der Sänger nahm mit einer Geste, die Hilflosigkeit oder gar Verwunderung
über sich selbst ausdrückte, neben Agnisia Platz. Er bemerkte
schließlich, dass sich alle tüchtig stärkten und nur sie reglos dasaß,
gleichgültig gegenüber den Ermunterungen der anderen zuzu-
greifen, also begann er, aus Brot- und Bratenstückchen kleine Hap-
pen zurechtzumachen und ihr in den Mund zu schieben. Der
Anblick war so unwirklich, dass wir alle – sogar Frau Dr. P., Maria
und die strenge Marta, die Liebesbeziehungen im Lager immer
missbilligt hatte – dieses Geschehen beobachteten, als handele es
sich um eine Art Mysterium. Wir sagten kaum etwas und wenn
doch, dann mit gedämpfter Stimme. Und irgendwie wollte es niemandem in den Sinn, dass die beiden bald in entgegengesetzte
Richtungen, getrennt voneinander in eine ungewisse Zukunft aufbrechen sollten. Erst als alle anfingen, ihre Habseligkeiten einzu-
sammeln, wurde das jedem klar – auch Gaston und Agnisia. Er bat
sie, nach Belfort mitzukommen, wo seine Eltern ein Haus und ein
Restaurant hätten, sie erzählte von Brzesko, das sei auch nicht der
schlechteste Ort zum Leben. Agnisia hatte nämlich plötzlich ihre
Sprache wiedergefunden und es zeigte sich, dass sie sich ohne
Dankas Hilfe mit Gaston verständigen konnte – das Gymnasium,
das sie besucht hatte, bevor der Krieg ausgebrochen war, hatte
einen guten Französischlehrer gehabt.

„Zesko? Où est-il, Zesko? Wo liegt Zesko?", wollte Gaston wissen, und zwar bestimmt nicht deshalb, weil dieses Wissen ihm zu
etwas nütze gewesen wäre, sondern um den Moment des Ab-
schieds noch ein wenig hinauszuzögern.

Also breitete Marta die Karte aus, die wir aus dem Fliegerquartier mitgenommen hatten. Sie trug zwar die Bezeichnung
„Straßenzustandskarte von Deutschland", umfasste aber auch polnisches Gebiet bis zur Weichsel. Das Erscheinungsjahr – 1938 –
sprach für sich, ebenso wie der Umstand, dass die Städte Poznań,
Bydgoszcz, Toruń und Katowice darauf als Posen, Bromberg,

45

Thorn und Kattowitz verzeichnet waren … Auf dieser Karte also sah Gaston den Namen „Brzesko" und er bemühte sich, ihn richtig auszusprechen, was sich wie „Byzesko" anhörte. Der Abschied zog sich hin, schließlich gab der Älteste, der die Gruppe anführte, das Zeichen zum Aufbruch: „Allons enfants!"

Da geschah etwas völlig Unerwartetes. Agnisia rezitierte zuerst und dann sang sie: „Allons enfants de la Patrie, le jour de gloire est arrivé!" Die Franzosen standen augenblicklich stramm und die drei Männer in den Sträflingsanzügen nahmen ihre Mützen ab und entblößten dabei ihre kahl geschorenen Köpfe. Und alle sangen das Lied mit. In der klaren Luft dieses Maimorgens am Rande eines mecklenburgischen Waldes offenbarte die Marseillaise den gleichen Sinn wie bei ihrer Entstehung, sie befreite uns vom Bösen und vom Schmutz jahrelanger Erniedrigung und machte uns wieder zu Menschen.

*

Das Ortsschild kündigte das Dorf Freyenstein an. Gleich dahinter, einige Meter von der Straße entfernt, befand sich ein Gehöft mit ansehnlichen Gebäuden und einem asphaltierten Zufahrtsweg. Die Tür des Wohnhauses war zwar verschlossen und auch die Fensterläden waren zugeklappt, aber die Scheune mit dem Heuboden, der bis unters Dach mit Stroh gefüllt war, versprach eine gute Rast. Wir kletterten also nach oben, versteckten uns im letzten Winkel und schliefen fast alle sofort ein. Nur Agnisia lag mit offenen Augen da und dachte an die Begegnung mit Gaston. Sie faltete den Zettel mit seiner Adresse immer wieder auseinander und zusammen. Sie hatte ihm auch ihre Anschrift gegeben. Sie hatten vereinbart, dass sie, sobald sie zu Hause angelangt seien, sich schreiben würden und dann werde er nach Brzesko kommen, um sie zu heiraten. Nachdem sie mir das gestanden hatte, schlief sie mit einem seligen Lächeln auf den Lippen ein.

Ein zwar nicht lautes, aber anhaltendes Rufen weckte Frau Dr. P. Die Stimme des Mannes auf der Tenne verkündete, er wisse, dass wir da seien, es habe also keinen Sinn, sich zu verstecken. Er sei der Besitzer des Hofes und wolle gern erfahren, mit wem er es zu tun habe. Frau Dr. P. zeigte sich ihm. „Wir kommen aus einem Konzentrationslager, wir wollen uns hier nur ausruhen und übernachten, morgen ziehen wir weiter. Wir verstecken uns vor den Soldaten, denn unter uns sind auch junge Mädchen." Er brummte etwas Unverständliches als Antwort und ging hinaus. Das verhieß nichts Gutes. War er etwa schon unterwegs, um uns zu verraten?

Es war wohl bereits später Nachmittag, als das Scheunentor knarrte und die gedämpfte Stimme des Bauern zu vernehmen war. Er sagte, dass er uns sehen wolle, und zwar alle. Auf die Frage, ob wir nach unten kommen sollten, antwortete er erschrocken:

„Um Gottes Willen, nein! Bleibt, wo ihr seid!" Und er fügte hinzu, dass er sich nur davon überzeugen wolle, dass unter uns keine Männer seien. Wir kamen seiner Forderung nach und setzten uns nebeneinander an den Rand des Heubodens wie Schwalben auf einem Draht. So etwas wie Verblüffung zeichnete sich auf dem Gesicht des Deutschen ab.

„Na gut", sagte er. „Nicht rauchen und nicht ins Stroh pissen. Zum Pissen ist das hier." Er reichte uns einen Eimer. „Nicht herunterkommen und nicht reden. Still sein."

Dieser gutmütige Deutsche hatte nicht die Absicht, uns zu denunzieren. Die Nacht versprach ruhig zu werden. Der Schlaf wurde aber doch immer wieder durch etwas gestört, einmal war es das Dröhnen eines Lastwagens auf der Straße, dann wieder ein auf Russisch geführtes Gespräch im Hof. Die Ankömmlinge fragten den Bauer etwas, manchmal gingen sie mit ihm ins Haus, aber zum Glück schauten sie nicht in die Scheune, vielleicht deshalb, weil das Tor absichtlich offen stand.

Bei Tagesanbruch kletterten Marta und ich nach unten, um den Eimer zu leeren und etwas zum Frühstücken vorzubereiten. Auf der Tenne waren schon Frau Dr. P. und der Bauer. Er war gekommen, um uns zu drängen, den Hof zu verlassen. Wir – er als Besiegter und wir als zu den Siegern Gehörende – seien in derselben Situation: Wir würden uns gleichermaßen fürchten. Warum wir denn eigentlich zu den Russen gingen? Marta war empört: Wir gingen doch nicht zu den Russen, sondern nach Hause und unser Zuhause sei in Polen. Er bleibe ja auch auf seinem Hof, obwohl es da nichts mehr gebe, um das man sich kümmern müsste, weder Kühe noch Hühner, nicht einmal ein Hund sei da. Er sah sie niedergeschlagen an. Das sei wahr, nichts sei mehr da, alles sei geplündert worden, die letzten beiden der insgesamt zehn Kühe hätten sie gestern mitgenommen, davor hätten sie die Traktoren und andere Maschinen geholt. Es sei nichts da, um aufs Feld hinauszufahren, die Saatkartoffeln, selbst wenn er sie mit den bloßen Händen hätte in die Erde setzen wollen, seien aufgegessen worden, und zwar von solchen wie wir. Von zwei Polen, die während des ganzen Krieges bei ihm gearbeitet hätten, er selbst habe ihnen Kleidung gegeben und das, was noch zu essen übrig gewesen sei. Sie seien Richtung Westen gegangen. So wie seine Frau und seine Tochter. Die seien zu Verwandten ins Rheinland geflüchtet. Glücklicherweise seien sie schon weg gewesen, bevor die Russen kamen. Er sei geblieben. Nicht deshalb, weil er sich einbilde, durch seine Anwesenheit die Plünderungen verhindern zu können. Er warte auf seinen Sohn, der irgendwo in Russland verschollen sei. Zwei Jahre sei es her, dass sie ihn in die Wehrmacht aufgenommen hätten, in die Wehrmacht und nicht in eine dieser Verbrecherbanden, seit einem Jahr jedoch seien keine Briefe mehr gekommen. Aber zum Glück auch keine Mitteilung, dass er fürs Vaterland gefallen sei. Vielleicht lebt er also noch? Wenn er in Kriegsgefangenschaft geraten sei, dann müsse er jetzt, nach dem Krieg, zurückkehren. Der einzige Sohn. Wenn er wiederkomme, dann werde er, auch wenn er ein Deutscher sei, die Niederlage segnen. Dieser Wahnsinn hätte schon viel früher aufhören müssen. Dann wären nicht so viele Menschen ums Leben gekommen. Und das wäre ein Sieg gewesen, vielleicht der größte überhaupt.

Er gab uns nichts zu essen, er erlaubte uns auch nicht, in die Küche zu gehen, um Wasser aufzukochen. Der Rauch aus dem Schornstein könne ungebetene Gäste anlocken. Er wurde ungeduldig. Wir trödelten ihm zu sehr bei unserem Aufbruch. Er fürchtete unsere Anwesenheit und wir wiederum hatten Angst vor seiner Angst. So rasch wie möglich verließen wir unser Nachtquartier.

*

„Seht ihr das, was ich sehe?" Jankas Stimme zitterte vor Aufregung.

Auf dem Feld, in geringer Entfernung von der Landstraße, graste ein Pferd. Niemand passte auf das Tier auf. Es gehörte vielleicht zu dem Anwesen, das etwa hundert Meter vor uns lag. Wir standen da und starrten das Objekt unserer Träume an, auf allen

Gesichtern zeichnete sich derselbe Gedanke ab: Wir könnten es vor unser Wägelchen spannen …

Das Quietschen von Reifen schreckte uns in unserer Betrachtung auf. Ein Offizier, offenbar höheren Ranges, stellte uns die übliche, zum Begrüßungsritual gehörende Frage. Er strahlte, als er unsere übliche Antwort hörte. Sein Großvater sei Pole gewesen (er nannte uns den Nachnamen, der ebenso gut polnisch wie russisch hätte sein können, Czajkowski oder Mereżkowski) und weil er am Aufstand teilgenommen habe, sei er auf Geheiß des Zaren verhaftet worden. Er, sein Enkel, freue sich sehr, dass der Patriotismus des polnischen Volkes nicht erloschen sei, ein Beweis dafür sei, dass wir ins Vaterland zurückkehren. Durch diesen Patriotismus allerdings – Frau Dr. P. hatte das Wort ergriffen und schlug einen weniger pathetischen Ton an – seien wir schweren Prüfungen ausgesetzt, die Soldaten der Roten Armee ließen uns keine einzige Nacht ruhig durchschlafen. Er reagierte verstimmt: Ja, die Heimkehr zu Fuß sei unvernünftig, wir hätten in diesem Neustadt-Glewe bleiben sollen, bis es eine Transportmöglichkeit gegeben hätte. Aber da wir jetzt schon bis hierher gekommen seien, würde er uns nun Folgendes raten: Wir sollten hierbleiben, an diesem Ort, wo er Kommandant sei. Die Bahn werde auch bald hierherfahren. Jenseits der Oder, wo die Polnische Armee stehe, verkehrten die Züge schon. Also, es wäre doch schlau, eine oder sogar zwei Wochen abzuwarten. Unter seinem Schutz seien wir sicher. Während er sprach, ließ er Danka nicht aus den Augen und als sie sich entfernte, weil seine aufdringlichen Blicke sie wohl verlegen gemacht hatten, sagte er, dieses Mädchen habe ein Gesicht, wie man es auf Porträts sieht. Seine Mutter habe eine Miniatur aus Elfenbein gehabt, darauf sei genau so ein Gesicht abgebildet gewesen. Sie habe diese Miniatur verkauft – zu seinem großen Bedauern, denn er sei in dieses Porträt verliebt gewesen. Aber ein Sack Kartoffeln in Zeiten des Hungers … Er verstummte plötzlich, als ob er eine Alarmglocke habe läuten hören, und dann schlug er – in nun schon sachlichem Ton – vor, dass wir in diesem Anwesen da vorne übernachten sollten, da seien zwei Offiziere untergebracht.

Das war das Gehöft mit dem Pferd. Die beiden Offiziere – ein Unterleutnant und ein Oberleutnant – waren zusammen vielleicht fünfzig Jahre alt. Der Oberleutnant, mit dunkler Haut und rabenschwarzem Haar, erinnerte uns sofort an den „Dämon" in Neu-stadt-Glewe, der andere hatte dunkelblondes Haar und tiefgrüne Augen, er hieß Wanja. Sie empfingen uns höflich und forderten uns auf, es uns im Haus gemütlich zu machen. Wir wählten jedoch aus Gewohnheit die Scheune. Es stellte sich bald heraus, dass der Bauernhof einen Besitzer hatte – auf der Tenne erschien ein Mann, er schleppte eine große Schüssel herbei, sagte „Morgen!" und ging dann wieder hinaus, um kurz darauf mit zwei Eimern, gefüllt mit kaltem und heißem Wasser, zurückzukehren. „Zum Waschen, nicht zum Trinken", warnte er.

Das war beinahe Arkadien, mit dem Pferd im Blickfeld, das un-seren begehrlichen Augen wie ein Pegasus erschien, der uns auf seinem geflügelten Rücken in die Heimat zurücktragen sollte. Wir berieten uns – heimlich, damit die Älteren nichts davon mitbeka-men und durch ihre übermäßige Vorsicht unseren Plan nicht zu-nichtemachten –, wie wir das edle Tier in unseren Besitz bringen könnten. Irgendwie mussten wir diese beiden, Sascha und Wanja, dazu bewegen, dass sie uns das Pferd schenkten, nicht mehr und nicht weniger. Die Sieger können doch schließlich alles!

Unser Manöver begann. Während diejenigen, die sich um das Essen kümmerten, in einer Ecke des Hofes ein Feuer entfachten, gingen die „Künstlerseelen" daran, ihr listiges Vorhaben in die Tat umzusetzen. Teresa aus Radom, Absolventin einer Kunstschule, die in Birkenau Porträts sowohl von prominenten Häftlingen als auch von SS-Frauen angefertigt hatte, setzte sich mit einem Stück Karton unter einen Lindenbaum und im Namen des höheren Ziels (Pferd!) wies sie mich an, Modell zu sitzen. In der Nähe von uns demonstrierte Danka ihr musikalisches Talent, Agnisia hingegen schlenderte anmutig hin und her, mal steckte sie ihr Gesicht in den Flieder, mal lauschte sie dem Gesang der Lerchen. Wacka aus Łódź, vom Typ eine Zigeunerschönheit, schlug Danka einen ge-meinsamen Auftritt vor, um die Sieger zu bezaubern, das russi-sche Lied vom „Lockenkopf" könnte sie gefällig machen (Pferd!). Danka war einverstanden, sie kenne dieses Lied zwar nicht, aber sie werde sich bemühen, der Melodie zu folgen, wenn Wacka sie ihr vorsinge. Und schon ertönte: „Lockenkopf, Lockenkopf, deine Haare flattern im Wind …" Alle Blicke, auch die von denen, die am Feuer beschäftigt waren, wanderten zu der Sängerin. „Aus Sibi-rien komm' ich, Sibirien fürcht' ich nicht, Sibirien ist Russland, ist

Heimat für mich …" – gerade diese Worte verstand man, auch wenn man kein Russisch konnte. Sehr gut sogar.

„Was singt sie denn da?", stutzte Maria. „Und warum? Das schickt sich nicht. Das sieht aus, als wolle sie …" Sie beendete den Satz nicht.

„Sich anbiedern", ergänzte Marysia Russisches Herz. „Gewieftes Mädchen, die hat schon kapiert, was jetzt gesungen wird."

„Aber woher kennt sie das? Sie ist doch keine Russin." Maria verbarg ihr Misstrauen nicht.

„Łódź war unter russischer Herrschaft", bemerkte Frau Dr. P. „Sie kann in der Familie jemanden gehabt haben, der in der Verbannung war …"

„Genau! Jemanden, der in der Verbannung war", brummte Marysia Russisches Herz spöttisch. „Ausgerechnet so jemanden!" Und sie warf eine Kartoffel in den Bottich, dass es nur so platschte.

Sascha und Wanja aber blieben ungerührt angesichts dieser gesanglichen Sympathiebekundung, es interessierte sie jedoch Teresas Arbeit. Sie standen an der Seite und verfolgten die Bewegungen ihrer Hand, zwischendurch blickten sie immer wieder auf das Modell, also auf mich. Sie bewunderten die Ähnlichkeit. Dann entdeckte Sascha die Kette an meinem Hals. Er war neugierig geworden und wollte wissen, was ich da trug, ob er es sehen dürfe? Ich gab ihm das Kreuz, das ich irgendwann einmal im Schlamm in Birkenau gefunden und aufgehoben hatte. Aber weder die Widmung „Für meine geliebte Enkelin", die auf der Rückseite eingraviert war, noch das achtbare Datum „1889" schien ihn zu interessieren. Er schaute sich ziemlich lange die Figur des Gekreuzigten an und fragte mich dann, ob ich an Gott glaube. Und die Akkordeonspielerin? Und die Malerin? Und du? Und du? Der Reihe nach wandte er sich an die anderen.

„Alle glauben an Gott …" Er schüttelte den Kopf und zuckte mit den Achseln. Dann drehte er sich auf dem Absatz um und ging weg, aber nach ein paar Schritten kam er wieder zurück.

„Hast du Gott gesehen?" Die Frage war an mich gerichtet.

Ich wollte antworten, dass ich seine Gegenwart mehr als einmal erfahren hatte, aber um mich nicht dem Gespött auszusetzen, flüchtete ich mich in ein stereotypes Argument:

„Sauerstoff können Sie auch nicht sehen. Und trotzdem sagen Sie nicht, dass es keinen Sauerstoff gibt."

Er verstand mich offenbar, obwohl ich Polnisch gesprochen hatte, denn er lächelte irgendwie seltsam, halb spöttisch, halb anerkennend.

„Ihr seid anscheinend alle Theologen", schlussfolgerte er.

Das ärgerte Teresa. Sie fühlte sich berechtigt, in dieser Sache das Wort zu ergreifen, denn sie hatte früher in einem Kirchenchor gesungen.

„Theologen, das sind Priester und Philosophen. Aber wir haben noch nicht einmal das Abitur."

Es war nicht klar, ob er sie verstanden hatte, er fragte jedenfalls, ob wir wüssten, was Theosophie sei.

Wir fühlten uns wie in der Schule, wenn wir vom Lehrer abgefragt wurden. Das Wort kannten wir zwar, aber was bedeutete es? Theós – das heißt Gott, Sophia – das heißt Weisheit, also vielleicht das Wissen über Gott? Einen Ausweg aus der Situation fand Teresa.

„Fertig", sagte sie und reichte mir das Bild.

Ich äußerte übertriebene Begeisterung und unter dem Vorwand, dass ich das „Kunstwerk" Maria zeigen müsse, lief ich zum Feuer.

„Maria, was ist Theosophie?"

Maria riss ihre kurzsichtigen, immer leicht zusammengekniffenen Augen weit auf.

„Was ist denn in dich gefahren?"

Ich erklärte ihr, dass einer der Russen uns das gefragt habe und keine, noch nicht einmal Danka, habe antworten können.

„Wie peinlich!" Frau Dr. P. lachte.

„Das ist wahrscheinlich ein russischer Jude", sagte Maria.

„Bestimmt. Was habt ihr denn gedacht? Ein Georgier? Weil er dunkle Haut und schwarze Augen hat?" Marysia Russisches Herz hob den Blick von der Kartoffel, die sie so dünn wie möglich schälte. „Ein Jude. Und wer weiß, ob er nicht aus Białystok oder Grodno ist. Passt bloß auf, denn vielleicht versteht er, was ihr sagt. Das muss ein Politruk sein. Theosophie!", schnaubte sie. „Nur die von der politischen Arbeit kennen solche Wörter."

„Du machst keinen Fehler", Maria ging an das Problem ernsthaft heran, „wenn du sagst, dass Theosophie das Wissen über das ist, was göttlich ist, was die Erkenntnis Gottes betrifft." Sie schwieg einen Moment und versuchte, sich ins Gedächtnis zu rufen, was sie einst in Philosophie gelernt hatte. „Im Mittelalter gab es Sekten, die sich von der Theosophie herleiteten, mystische oder mystizistische ..."

„Übrigens nicht in Übereinstimmung mit der Lehre der Kirche", fügte Frau Dr. P. hinzu.

„Habe ich es nicht gesagt?", freute sich Marysia Russisches Herz. „Ein Politruk, dafür lege ich meine Hand ins Feuer."

Als ich zu der Linde zurückkehrte, saß da der Theosoph und ließ sich porträtieren. Ich stellte mich hinter Teresas Rücken und darauf zählend, dass das Modell – wie Marysia meinte – Polnisch verstand, fing ich an, die Skizze überschwänglich zu loben. Der Herr Leutnant werde ein schönes Andenken bekommen an diese Begegnung, gewissermaßen einen Beleg für seine gute Tat.

„Sei still", murmelte Teresa, „er weiß noch nichts von dieser guten Tat."

„Aber bald. Dann kann er sich für das Bild revanchieren."

Unser leiser Wortwechsel machte den Theosophen neugierig. Er wollte wissen, was dieser „Schlaukopf" sagt.

Ich erlaubte mir ein dick aufgetragenes Kompliment: Das Porträt sei ausgezeichnet, auch wenn in Wahrheit ein Mensch, sogar wenn er Künstler ist, nicht imstande sei, das in absoluter Vollkommenheit wiederzugeben, was Gott geschaffen hat.

„Gott, Gott, immer nur Gott", äffte er mich nach, „aber was Theosophie ist, das wisst ihr nicht."

Da gab ich – und dabei tat ich so, als ob ich nachdenken müsse – die gerade erst gehörte Definition des Begriffs zum Besten.

„Nun, ganz stimmt es nicht, aber na gut, lassen wir es so gelten", willigte er großmütig ein.

Als Teresa zum Mittagessen erschien, war sie sehr aufgeregt. Es war ihr gelungen, auch Wanja zu porträtieren und – was viel wichtiger war – die Verhandlungen in Sachen Pferdestärke zu beginnen. Zwar wollte der Genosse Leutnant nichts davon wissen, aber Wanja war bereit, uns einen Gefallen zu tun. Wenn sein Vorgesetzter seine Zustimmung gibt, dann werde er, Wanja, den Rest erledigen. Wem der „Pegasus" gehörte, wusste Teresa nicht. Es wäre uns unangenehm gewesen, dem freundlichen Bauern einen Schaden zuzufügen. Aber es wurde von Tag zu Tag beschwerlicher, den Wagen zu ziehen, es gab immer weniger Personen, die man anspannen konnte, die Anstrengungen des Marsches entkräfteten auch die Zähesten unter uns.

An diesem Abend begaben wir uns satt, gewaschen und in sauberer Kleidung zur Ruhe und zum ersten Mal mit dem Gefühl, dass uns nichts bedroht. Wir schliefen tief und fest und träumten von dem Geschöpf, das noch gestern in der Abenddämmerung hinter der Scheune auf der Weide gestanden und zwischen den Erdschollen emsig die schmackhaften Gräser herausgezupft hatte. Wir wachten später auf als sonst. Der Jeep stand nicht im Hof. Und auch das Pferd war weg. Beim Frühstück herrschte gedrückte Stimmung. Nur Marysia Russisches Herz war nicht allzu sehr bekümmert, sie hatte ohnehin keinen Augenblick daran geglaubt, dass die beiden sich entschließen würden, für uns den Gaul zu klauen. Das sind Politoffiziere, Kommissare, da kenne sie sich aus, die haben sie schon einmal befreit, im Jahr 1939 …

Lustlos begannen wir, unseren Kram hinauszutragen. Als Wanja aus dem Haus kam, reagierte keine von uns auf sein „Guten Morgen!", was ihn übrigens nicht scherte. Er verschwand in einem der Gebäude hinten im Hof. Nach einer Weile kam er wieder heraus – mit dem Objekt unserer Begierde im Schlepptau. Noch glaubten wir es nicht. Erst als er es an der Deichsel unseres Wagens festband, gab es Freudenschreie und Dankesrufe, die durch großzügig verteilte Küsse bekräftigt wurden. Aber plötzlich ließ die Begeisterung nach. Wir hatten kein Pferdegeschirr. Fieberhaft begannen wir, den ganzen Hof abzusuchen. Schließlich kam Ewa mit Triumphgeschrei aus irgendeinem Schuppen.

„Ich hab's! Ich hab's!", rief sie.

Leider stellte sich heraus, dass das ein Geschirr für einen Ochsen war und nicht geeignet für ein Pferd. Wanja, inzwischen schon ziemlich nervös, versuchte, es irgendwie anzupassen. Gleichzeitig riet er uns, so schnell wie möglich von hier zu verschwinden, der Leutnant habe den Bauern zur Kommandantur mitgenommen, eben deshalb, damit wir unsere Beute wegführen könnten. Das Pferd sei an der Deichsel festgebunden, also werde es den Wagen schon irgendwie ziehen. Wir sollten von der Landstraße in den nächsten Seitenweg einbiegen, denn der Bauer werde uns mit Sicherheit verfolgen. Er schob dem Pferd die Kandare ins Maul, die in aller Eile aus einem Strick angefertigt worden war, die Zügel – ebenfalls aus einem Strick gemacht – drückte er Marysia Russisches Herz in die Hand.

„Dawaj! Auf geht's!", gab er das Kommando. „Mit Gott!"

Unser Gefährt rumpelte zur Landstraße und rollte dann auf dem Asphalt schnell und sicher dahin. Richtung Osten, der schon hoch stehenden Sonne entgegen.

*

Der Seitenweg stellte sich als Falle heraus. Das so vielversprechend aussehende Pflaster endete nach zwei Kilometern und ging in Sand über. Unsere Füße blieben darin stecken und der Schweiß lief uns über das Gesicht, auch wenn die ausladenden Bäume des Waldes Schatten spendeten. Unser Marschtempo verlangsamte sich. Es wurde im Übrigen jedoch weniger von unserer Müdigkeit als vielmehr vom Willen des Gauls bestimmt, der Schritt für Schritt vor sich hin trottete, egal ob wir ihn ermunterten oder antrieben. Ungeachtet der Warnungen Wanjas hielten wir sehnsüchtig nach festerem Boden und auch nach der Landstraße Ausschau. Anfangs glücklich über den Waldweg, hörten wir nun allmählich auf, dem betörenden Vogelgesang zu lauschen, das zartgrüne Blattwerk des Unterholzes und die Pracht einzelner Baumriesen zu bewundern. Und als irgendwann gegen Mittag unser Weg eine gepflasterte Straße kreuzte, bogen wir, ohne zu zögern, in sie ein.

Die beiden saßen am Waldrand. Als sie uns sahen, standen sie auf und kamen auf den Seitenstreifen.

„Guten Tag! Na, wie fährt es sich?"

Das waren Polen. Sie kamen näher und nahmen, ohne dass wir sie dazu aufgefordert hatten, unser Pferdefuhrwerk in Augenschein.

„Weit kommt ihr damit nicht", sagte der Ältere, der wie ein Beamter aussah. „Man müsste wenigstens irgendwo ein Zaumzeug auftreiben."

Er sagte „auftreiben" und nicht „organisieren", was ein ehemaliger Häftling gesagt hätte. Er bat uns, ihnen zu erlauben, sich unserer Gruppe anzuschließen. Dann müssten wir uns nicht mehr um das Pferd kümmern, das würden sie übernehmen. Und ohne wirklich auf eine Antwort zu warten, wies er den Jüngeren an, ihre Bündel auf den Wagen zu werfen, nahm Marysia die Zügel aus der Hand, schnalzte mit der Zunge und brummte etwas auf Deutsch. Das Pferd sah sich um, zog an und zottelte los.

„Ah, Deutsche!", sagte Marysia Russisches Herz mit unwillkürlicher Bewunderung.

Nein, das waren nicht „unsere Jungs" aus dem Konzentrationslager, das waren „Zivile" von der Zwangsarbeit. Dies konnten wir übrigens nur vermuten, denn zu Gesprächen waren sie nicht aufgelegt, selbst nicht zu solchen, die man als Weggefährten normalerweise miteinander führt. Auch unsere Geschichte interessierte sie nicht, sie fragten noch nicht einmal nach den Tätowierungen auf unseren Armen. Sie hatten sich uns nicht der Gesellschaft wegen angeschlossen, sondern wegen unseres Gefährts. Ihre Säcke, das stellte Janka beim Ausladen abends fest, waren sehr schwer, es war kaum zu glauben, dass sie die überhaupt hatten tragen können.

Am Waldrand, ziemlich weit weg von der Straße, stand ein Haus, vermutlich war es ein Forsthaus – zumindest nach der Entfernung zu den nächstgelegenen Häusern zu urteilen. Es war ausgebrannt. Das Feuer war wohl nicht von einem Geschoss verursacht worden, denn die Umgebung wies keinerlei Spuren von Kriegshandlungen auf. Der Platz schien gut geeignet für eine Rast, denn was hätte jemand auf so einer Brandstelle suchen sollen? Wir machten ein Feuer, um Kartoffeln zu braten. Unsere neuen Weggefährten wollten nicht gemeinsam mit uns essen. Sie tränkten das Pferd und warfen ihm etwas Heu hin, das sie aus einem Unterstand hervorgeholt hatten. Dann verzogen sie sich in das Haus und aßen von ihren eigenen Vorräten. Nein, die waren nicht aus dem Konzentrationslager.

Der Rauch lockte Gäste an. Sie waren plötzlich aufgetaucht, unbemerkt bis zu dem Moment, als sie am Feuer standen. Sie waren zu dritt, zwei von ihnen hatten mongolische Gesichtszüge. Vielleicht hatten sie gar keine bösen Absichten, aber ihr Anblick jagte uns einen Schrecken ein, allen Kehlen entfuhr ein Schrei, durch den hindurch die vor Anspannung schrille Stimme von Marysia Russisches Herz zu hören war:

„Haut ab, ihr Teufel, haut ab!"

Erstaunt über so eine Begrüßung, versuchten die „tapferen Krieger" etwas zu erwidern, aber man sah nur, wie sich ihre Lippen bewegten, denn wir schrien aus Leibeskräften. Oleńka riss ein brennendes Holzscheit aus dem Feuer und machte damit ein Kreuzzeichen. Die Ankömmlinge gaben aber noch nicht auf, sie lächelten freundlich, einer holte aus seiner Hosentasche eine Flasche hervor und streckte sie uns mit ermunternder Geste entgegen.

Unser Geschrei wurde immer lauter. „Haut ab!", brüllte der ganze Haufen. Mit gespreizten Fingern und wie ein Affe hüpfend, näherte sich Danka ihnen, da wich einer der drei einen Schritt zurück, dann noch einen. Und als Danka ständig weitermachte mit diesem Veitstanz oder, besser gesagt, mit dieser Veitstanz-Attacke, drehte er sich plötzlich um und rannte in Richtung Straße. Seine beiden Kameraden folgten ihm. Sie sprangen in den Jeep und fuhren davon. Unser Geschrei hörte so schlagartig auf, wie es begonnen hatte. Wir schauten uns ungläubig an. Was war das denn gewesen? Hatten wir etwa so gebrüllt? So wie die, die aus Block 25 herausgeführt wurden? Wie war das möglich? Die böse Stille wurde von Janka unterbrochen.

„Die haben es mit der Angst zu tun gekriegt. Die haben gedacht, wir sind verrückt."

Sie brach in ein hysterisches Gelächter aus, dann fing die Nächste zu lachen an und die Nächste und bald darauf japsten und kicherten wir alle und hielten uns die Bäuche.

„Wir haben jetzt eine Methode gegen die: Wir tun so, als seien wir übergeschnappt!"

„Wir schreien einfach rum! Wir schreien so wie …

„Wie die Gänse auf dem Kapitol." Danka fand den richtigen Vergleich.

Hinter der Ecke des Hauses kamen unsere Weggefährten hervor.

„Oh, da sind ja unsere Verteidiger!", spöttelte Teresa.

Das empörte sie. Sie hätten uns keinen Schutz versprochen und wir hätten kein Recht, das zu erwarten. Sie könnten den Wagen kutschieren, sich um das Pferd kümmern, Hühner fangen und schlachten, aber das nicht. Uns würden sie dadurch nicht helfen und sich selbst nur eine Kugel einfangen. Sie hätten den Krieg überlebt und die Bombardierungen, sie hätten keine Lust, nun ums Leben zu kommen. Wir seien weniger gefährdet. Und schließlich sei uns ja nichts passiert.

Sie hatten natürlich Recht. Wir fühlten uns dennoch unbehaglich und schämten uns irgendwie.

Die Nacht verlief dann ruhig.

*

Am nächsten Tag legten wir fast dreißig Kilometer zurück. Das Pferd, gefüttert, getränkt und mit besserem Zaumzeug versehen, trabte flott dahin und zog mühelos den Wagen, auf dem Jadzia saß. Ewa, die immer noch Probleme mit ihrem Fuß hatte, benutzte weiterhin das Fahrrad. Sie fuhr zwei, drei Kilometer vor und wartete dann, bis die Gruppe aufschloss. Das war nicht ungefährlich, aber Ewa sah ein, dass es keine andere Lösung gab – nur so ertrug sie die Anstrengungen des Marsches. Auf dem Wagen hatten zwei Personen keinen Platz.

Der Heuboden über dem Pferdestall hatte einen ziemlich großen Vorteil: Man konnte auf einer Leiter hochklettern und diese dann nach oben ziehen. Frau Dr. P., die sich nach bewährtem Brauch mit der Bitte um Schutz zum Kommandanten begeben hatte, kam zu unserer Verwunderung in Begleitung zweier Soldaten zurück. Besser gesagt: Soldatchen. Sie sollten uns bewachen. Das waren Milchbärte, vielleicht zwanzig Jahre alt, sie sollten den alten, durch den Krieg abgestumpften Frontsoldaten den Zugang zu dem Vergnügen verwehren, das ihnen für die Strapazen und Mühen der überstandenen Kämpfe zustand.

Allein Bola war guten Mutes. Sie machte gerade unten etwas, als die beiden zusammen mit Frau Dr. P. erschienen, und wechselte ein paar Worte mit ihnen. Die Soldaten versicherten ihr, dass sie schießen würden, wenn irgendein Angreifer auf den Heuboden vordringen wolle. Das erlaube ihnen ihr Befehl. Das sind intelligente Jungs, sagte sie, der eine habe eine Ingenieurschule abgeschlossen, der andere sei Historiker. Die Tätowierung habe sie erschüttert, das Wort Auschwitz habe einen tiefen Eindruck auf sie gemacht, sie würden diesen unheilvollen Namen kennen, sie wüssten von den Gräueltaten, die dort stattgefunden haben, sie würden es nicht zulassen, dass uns auch jetzt noch Gefahr drohe. Freundlich hörte Frau Dr. P. ihren Beteuerungen zu. Das Schlimmste hätten wir wohl hinter uns, sagte sie, wir seien aus der Zone der vordersten Front heraus, das Militär müsste disziplinierter sein und die Befehlshaber würden Vergewaltigungen und Raubüberfälle ahnden. Viele von uns dachten sich aber ihren Teil: Bola ließ sich gerne täuschen, sie wollte dem um jeden Preis Glauben schenken, den Tatsachen zum Trotz, sie liebte doch einen Russen.

*

Kolja war ein Kriegsgefangener, einer von den zehntausenden, die 1941 nach Birkenau gebracht und auf einem von Stacheldraht umgebenen, nackten Stück Erde abgeladen wurden. Vor lauter Hunger aßen sie Gras, sie starben durch Kälte und Krankheiten. Den Winter überlebten nicht mehr als tausend. Diese tausend hatten später einigermaßen erträgliche Bedingungen, sie wurden bei der Errichtung neuer Abschnitte des Lagers, beim Bau von Baracken und Straßen eingesetzt. Und es gab unter ihnen eine Handvoll Auserwählter, die in dem Lebensmittelmagazin arbeiteten, aus dem das Frauenlager versorgt wurde. Kolja hatte in diesem Kommando die Funktion des Kapos. Bola, die Schreiberin im Küchenmagazin war, holte Tag für Tag „bei den Russen" die Essensration ab. Zuerst tauschten sie nur verstohlene Blicke, bis Kolja ihr einmal während der Verladung von Säcken einen Zettel zusteckte.

So begann ein Liebesbriefwechsel. Sie verliebten sich ineinander, sie – die Tochter eines Organisten aus Rawa Mazowiecka, er – aus Sibirien, Feldwebel der Roten Armee. Kolja konnte einem gefallen. Er war groß, aus dem breiten Gesicht mit regelmäßigen Zügen blickten dunkle, ernsthafte Augen. Er hatte ein Talent zum Schreiben. In seinen Briefen an Bola sprach er nicht nur von Liebe. Er erzählte von seiner Familie, aus seinem Leben vor dem Krieg, über seine Träume und Pläne, die nun zunichte waren. Er dachte über eine gemeinsame Zukunft nach, sofern sie überleben sollten, und thematisierte dabei auch die Unterschiede zwischen ihnen. Er glaube nicht an Gott und fühle sich verpflichtet, ihr diese schwierige Wahrheit mitzuteilen. Sein Unglaube rühre aber nicht von einer bewussten Ablehnung her. Er kenne Gott einfach nicht. Er wisse über ihn nichts außer, dass er eine Erfindung des menschlichen Verstandes sei und – er zitierte einen Satz aus Tolstois „Auferstehung" – dass „alles, was man von Gott und von seinem Gesetz spreche, Betrug und Ungerechtigkeit sei." Jetzt, da er ihre Briefe lese, die voll tiefen Glaubens seien, denke er, dass er vielleicht etwas versäumt habe, dass seine Welt ohne Gott ärmer sei als ihre. Aber er wisse nicht, ob er in ihrer Welt einen Platz für sich finden könne und in seinem Herzen wenigstens eine kleine Ecke für dieses Wesen, das Gott genannt werde. In einem anderen

Brief, der von den politischen Systemen handelte, vom Kapitalismus und Kommunismus, gab er zu, dass der Kommunismus sicherlich nicht die beste Lösung für die gesellschaftlichen Probleme sei, aber dass er keine bessere sehe. Der Kapitalismus, der den Idealen der Französischen Revolution widerspreche, welche der Oktoberrevolution zugrunde lägen, sei für ihn unannehmbar.

Diese „Belehrung" blieb nicht ohne Einfluss auf Bolas Überzeugungen, sie war geneigt, zu glauben, dass Freiheit, Gleichheit und Brüderlichkeit tatsächlich in Koljas Vaterland existierten. Einige von uns nahmen ihr diese Liebe übel, auch wenn es nur eine Liebe in Briefen war. Sie erinnerten Bola an den September 1939 und an „das Messer im Rücken". Sie verteidigte sich: Kolja trage dafür nicht die Verantwortung, nicht er habe den Pakt mit Hitler unterschrieben. Darauf erwiderten sie: Und diejenigen, die die Leute ins Gas treiben, tragen die auch nicht die Verantwortung für das, was sie tun? Bola hatte es nicht leicht mit uns und auch ihre Liebe war nicht leicht.

Im Oktober 1944 wurden die Russen aus Birkenau weggebracht. In seinem letzten Brief schrieb Kolja, dass die Deutschen erledigt seien und dass der Krieg bald zu Ende sein werde. Bola solle auf ihn in Rawa Mazowiecka warten, er werde sie auf dem Rückweg nach Russland finden. Und dann würden sie beschließen, ob er in Polen bleiben oder ob sie zusammen mit ihm in sein Land gehen solle. In diesem Satz war etwas Charakteristisches: Kolja hatte geschrieben: „ob wir beide nach Sibirien gehen", dann hatte er „nach Sibirien" durchgestrichen und durch das weniger zweideutige „in die Heimat" ersetzt.

Diesen Brief bewahrte Bola auf, um ihn abends hervorzuholen, so wie andere nach dem Rosenkranz oder nach dem Gebetbuch greifen.

*

Nach einer dürftigen, schnellen Mahlzeit kletterten wir auf den Heuboden und zogen die Leiter hoch. Der Schlaf aber wollte sich nicht einstellen. Es gab kaum Stroh, die müden Knochen schmerzten, der Stallgeruch störte, die Gespräche der Wächter, die sich neben den Eingang gesetzt hatten, ließen uns nicht zur Ruhe kommen. Manchmal summten sie etwas vor sich hin, es klang wehmütig (damals hörte ich zum ersten Mal das Lied „Einsam tret ich auf den Weg", es wurde später oft im Radio gespielt und sollte mich an diese Nacht auf unserem langen Weg der Heimkehr erinnern). Einer der beiden, bestimmt der Geisteswissenschaftler, rezitierte Gedichte, ziemlich laut, als ob er auch uns damit beglücken wollte. Von Zeit zu Zeit wurden diese künstlerischen Darbietungen unterbrochen, denn das Frauen-Nachtlager blieb nicht unbemerkt. Dann schlugen die Wächter einen anderen Ton an:

„Ihr habt doch gehört: Verboten!" Oder milder: „Geht, Leute, Befehl ist Befehl!"

Einmal hörten wir eine schärfere, hysterisch ausgerufene Warnung:

„Dann schieße ich!"

Es wurde schon Tag, als unser leichter Schlaf durch das beharrliche, wenn auch nicht laute Rufen von Bolas Namen unterbrochen wurde. „Oje, jetzt geht's los", murmelte eine. Die erschreckte Bola kroch an den Rand des Heubodens. Der Soldat sagte mit gedämpfter Stimme, dass ihre Wache beendet sei, sie wollten sich verabschieden und uns wünschen, dass wir wohlbehalten nach Hause kommen und dort alles in bester Ordnung vorfinden, denn was sie selbst angehe, da wüssten sie nicht, wann sie zurückkehren und ob sie ihre Nächsten lebend antreffen würden. Bola war gerührt, sie antwortete ihnen, halb auf Polnisch, halb auf Russisch, dankte für den Schutz und dafür, dass sie sich als so edel erwiesen hatten. „Ihr wisst nicht, was das für mich bedeutet."

Sie gingen und wir begannen, uns für den Marsch zu rüsten. Niemand bewegte Bola dazu, vor dem Aufbruch etwas zu essen. Sollte sie sich ruhig ausweinen.

*

„Ihr nehmt sie umsonst mit", sagte Marysia Russisches Herz zu dem Soldaten, der voller Respekt die Bewegungen ihrer Finger beobachtete. „Die sind zu nichts nütze, die geben höchstens Fleisch ab. Ihre Euter sind entzündet."

Sie saß unter dem Bauch einer Kuh und presste aus den harten, geschwollenen Zitzen Milch in einen Topf. Das Feld, auf dem etwa hundert Kühe standen, hallte von einer lauten Klage wider.

Sie war lange vor Köpernitz zu hören gewesen. Die Soldaten, die die Herde vor sich hertrieben, versprachen uns Brot und Dosenfleisch als Gegenleistung fürs Melken wenigstens derjenigen Kühe, die es am nötigsten hatten. Am liebsten hätten sie uns für immer engagiert.

„Wir nehmen euch in die Kolchose mit", sagten sie.

Das gefiel uns gar nicht, die Aussicht auf ein Stück Brot allerdings schon. Sogar Danka zeigte sich bereit mitzuhelfen. Sie war aber eine schlechte Melkerin. Nachdem sie ein- oder zweimal von den leidenden Geschöpfen getreten worden war, zog sie sich würdevoll zurück. Nützlich machten sich dagegen unsere beiden männlichen Weggefährten, sie kamen, wie man sah, vom Dorf oder hatten gewisse Fähigkeiten bei ihrem deutschen Bauern erworben. Leider gab es keine geeigneten Gefäße, um die nahrhafte Flüssigkeit aufzufangen und mitzunehmen, also spritzten die Melker die Milch auf die Erde, bloß um den Tieren Erleichterung zu verschaffen. Die Samariteraktion brachte Profit in Form von Kommissbrot, Dosenfleisch und Schmalz.

Diese friedvolle und gewinnbringende Begegnung hätte uns Mut machen können für unseren weiteren Marsch. Aber irgendwie fühlten wir uns nicht wohl. Die armen Kühe, wie viele von ihnen würden an ihrem Bestimmungsort ankommen? Und die Menschen, denen sie weggenommen worden waren? Auge um Auge, Plünderung um Plünderung – das sagt sich so leicht. Aber Zeuge dessen zu sein, ist nicht sehr angenehm, und dabei selbst Hand anzulegen, geradezu widerwärtig. Der Lagerbegriff „organisieren" hatte seine Bedeutung verloren, das Stibitzen in den Kellern und Speisekammern war, was es war: Diebstahl. Dabei half es nicht, sich zu sagen, dass wir uns nicht aus eigenem Willen hier befanden, dass wir nicht hungrig die vielen hundert Kilometer zurücklegen konnten, die uns von zu Hause trennten. Jedes Mal, wenn wir ein Gehöft betraten, überkam uns ein Gefühl des Unbehagens. Bedeutend besser war es schon, den Besitzer anzutreffen. Sogar eine ablehnende Reaktion hinterließ einen weniger unangenehmen Eindruck als leere Wände und eingeschlagene Türen und Fenster. Wir erinnerten uns an die ersten Tage nach der Befreiung. Hatte es wirklich so etwas gegeben wie Lebensmittelpäckchen – voll mit jenen unvorstellbaren Köstlichkeiten? Warum war das Rote Kreuz an der Elbe stehen geblieben? Warum fühlte sich niemand mehr verantwortlich, sich um die erschöpften Menschenmassen zu kümmern, die von Westen nach Osten und von Osten nach Westen zogen?

An diesem Tag, bei der Nachmittagsrast, verkündete die über die Karte gebeugte Marta feierlich:

„Alle mal zuhören! Wir sind schon 102 Kilometer näher an Polen!"

Aber irgendwie war uns das egal.

*

Der Ort trug den Namen Zehdenick. Der NKWD-Offizier sah gut aus. Seine Uniform saß wie angegossen, die blank geputzten Stiefel glänzten in der Sonne. Er stand auf der anderen Straßenseite und die vier Soldaten, die am Ortseingang aufgetaucht und mit dem alten Lied „Wir haben euch befreit!" hinter uns hergezogen waren, waren plötzlich wie vom Erdboden verschluckt. Der Offizier trat zu uns und stellte die übliche Frage: Woher wir kommen und wohin wir gehen. Er lobte unsere Entscheidung.

„So verhalten sich Patrioten", sagte er, „sie kehren ins Vaterland zurück. Und euer Vaterland ist nicht weit weg von hier. Hinter der Oder trefft ihr auf die siegreiche Polnische Armee und auf polnische Behörden."

Der erstaunte Ausdruck der auf ihn gerichteten Augen ließ ihn diese Information näher erläutern.

„Ja, Polen reicht jetzt bis an die Oder. Das sind doch alte Piastengebiete, nicht wahr? Die Deutschen haben sie irgendwann an sich gerissen, nun müssen sie sie zurückgeben. Natürlich werden die Ostgebiete, die sogenannten Kresy, die ethnisch weißrussisch und ukrainisch sind, Weißrussland und der Ukraine zugeteilt. Und Wilna wird an Litauen fallen."

Wir hörten zu und verstanden fast nichts und das, was wir verstanden, konnten wir nicht glauben. Marysia die Große begriff zuerst, was diese Ausführungen bedeuteten.

„Das heißt, Lemberg wird nicht mehr in Polen sein?", fragte sie.

„Nein", erwiderte er gelassen. Historisch gesehen sei Lemberg eine russische Stadt, so wie Breslau eine polnische Stadt sei. Wenn Polen seine Gebiete im Westen zurückbekomme, dann sei klar, dass es das abgeben müsse, was ihm im Osten eigentlich nicht zusteht. Das verlange die historische Gerechtigkeit.

„Und … Baranawitschy auch?", stammelte Marysia Russisches Herz auf Polnisch – bisher hatte sie bei den Begegnungen mit Russen immer Russisch gesprochen.

„Ja, Baranawitschy auch", bestätigte er.

„Aber … Wohin soll ich dann zurückkehren?" Sie blickte uns, eine nach der anderen, an, als ob wir ihr die Antwort schuldig gewesen wären.

Der NKWD-Offizier lächelte verständnisvoll. Wenn sie aus Baranawitschy komme, dann sei sie wohl Weißrussin. Und auch wenn sie keine Weißrussin sei, habe sie trotzdem das Recht, dorthin zurückzukehren. Jetzt werde alles anders werden als vor dem Krieg. Die Völker werden nicht mehr miteinander streiten, die Unterschiede der Geburt, der Nationalität und der Religion werden verschwinden, die Menschen werden dieselben Rechte haben und alle werden vor dem Gesetz gleich sein. Sie werde nach Baranawitschy zurückkehren, ob das weiterhin in Polen liegt oder nicht, sei sowieso egal, denn hier wie dort werde es das gleiche System geben: Sozialismus und Brüderlichkeit. Schluss mit den Kriegen, den Konzentrationslagern und der Unterdrückung des Menschen durch den Menschen! Bevor er ging, gab er uns noch einen Rat: So eine Gruppe junger Frauen ist den Belästigungen der Soldaten ausgesetzt, das wisse er. Aber wir müssten die Soldaten verstehen, sie hätten täglich den Tod vor Augen und – besonders solche mit schwachem Charakter – könnten dadurch verrohen. Wir sollten also immer, bevor wir unser Nachtlager aufschlagen, den örtlichen NKWD über unsere Anwesenheit informieren, der werde uns Schutz bieten. Er salutierte höflich, wünschte uns „alles Gute" und ging weg.

Als wir Zehdenick verließen, ahnten wir bloß, dass wir in eine neue Wirklichkeit eindringen würden, deren erster Vorgeschmack das Gespräch mit dem NKWD-Offizier war. Dennoch kamen wir irgendwie langsamer voran. An diesem Tag legten wir nicht mehr als zehn Kilometer zurück.

*

Am nächsten Tag teilte uns Marysia die Große mit, dass sie nicht mehr mit uns weitergehen werde. Wenn Lemberg nicht in Polen sei, dann werde das auch für Kolomyja gelten. Sie als Einwohnerin dieser Stadt wolle um nichts in der Welt „unter den Russen" leben. Das habe sie einmal mitgemacht, 1939, das reiche. Wenn sie damals nicht über die grüne Grenze nach Polen gegangen wäre, dann wäre sie in der Taiga gelandet wie ihre gesamte Familie, die spurlos verschwunden sei. Die letzte Nachricht von ihren Angehörigen habe ihr im Jahr 1941 ein Cousin überbracht, der es geschafft habe, nach Rumänien zu fliehen, später nach Ungarn, von wo er nach Tarnów gelangt sei, da schon als Kurier. Sie habe damals dort bei einer Tante gelebt. Dieser Cousin habe jedoch auch nur gewusst, dass ihre Eltern mit den jüngeren Geschwistern abtransportiert worden und in ihr Haus Ukrainer eingezogen seien.

Das war das erste Mal, dass Marysia die Große so viel von sich erzählte. Ergriffen von ihrer plötzlichen Gesprächigkeit, versuchten wir, sie zu überreden, anstatt nach Kolomyja zu ihrer Tante nach Tarnów zurückzukehren. Sie schüttelte den Kopf.

„Tarnów oder Kolomyja, was für einen Unterschied macht das jetzt? Überall, wo die Russen hinkommen, passiert dasselbe. Überall herrscht die gleiche Angst. Der Nachbar fürchtet sich vor dem Nachbarn, Freunde denunzieren sich gegenseitig, sogar innerhalb der Familie hört man auf, offen miteinander zu reden. Ihr kennt sie nicht, deshalb könnt ihr euch der Illusion hingeben, dass es in Polen anders wird. Es wird nicht anders."

Was sie zu tun beabsichtige? Sie werde nach Neustadt-Glewe zurückkehren. Es sei dumm von ihr gewesen, sich uns anzuschließen. Die Deutsche, bei der sie vor unserem Abmarsch übernachtet hatte, habe sie beschworen zu bleiben. Die habe genauso viel Angst gehabt vor den Siegern wie wir. Bei der werde sie sich einquartieren und auf eine Gelegenheit warten, zu den Amerikanern zu gehen.

Wir ließen Marysia die Große in der Nähe der Stadt Zehdenick zurück, etwa zehn Kilometer östlich davon. Nun waren wir nur noch siebzehn.

*

Wieder ein herrenloses Gehöft und eine Scheune als Unterkunft für die Nacht. Das Pferd auf der Tenne, wir auf dem Heuboden. Unser Feuer hielten wir so klein, dass wir noch nicht einmal Wasser darauf kochen konnten. Notdürftig gesättigt kletterten wir nach oben. Unsere Weggefährten richteten sich wohlweislich im gegenüberliegenden Heuboden ein. Das Pferd stand ruhig da und zupfte aus den Garben Getreidehalme heraus.

Und dennoch fanden sie uns. Sie waren zu zweit, zwei Grünschnäbel, vielleicht zwanzig Jahre alt, der eine war athletisch gebaut, der andere hatte asiatische Gesichtszüge. Es war noch nicht ganz dunkel und wir konnten erkennen, dass sie rangniedere Unteroffiziere waren. Frau Dr. P., immer in der vordersten Verteidigungslinie, bat sie höflich, zu gehen, hier gebe es nichts für sie. Sie waren zuerst etwas verunsichert, fingen sich aber gleich wieder. „Njet? Nein?", erwiderte der mit dem flachen Gesicht gedehnt. Sie würden selber nachsehen. Und schwups waren sie oben und beleuchteten mit ihren Taschenlampen den Heuboden. Wir sprangen von unseren Schlafplätzen hoch. Marysia Russisches Herz ließ ihre Schimpftirade los. Aber weder das noch die Methode der kapitolinischen Gänse zeigte Wirkung. Der Muskelprotz stürzte sich auf Marta, die aber stieß ihn so heftig zurück, dass er auf dem unebenen, mit Stroh bedeckten Boden das Gleichgewicht verlor. Einige von uns bildeten einen geschlossenen Kreis um die beiden Männer und Marysia Russisches Herz gab uns Anweisungen:

„In die Eier! Mit dem Knie! Egal womit! In die Eier!"

Nicht alle schafften es, mitzumachen. Es begann ein wildes Herumtollen. Am Anfang lachten die zwei, das Getobe machte ihnen zuerst Spaß, aber bald hatten sie genug davon. Anstatt sich zwischen mehreren hin und her zu drehen, stürzten sie sich auf einzelne. Der Muskelprotz warf Wacka um. Auf ihren Schrei hin löste sich der in der Mitte stehende Belagerungsring auf und wir stürmten in ihre Richtung. Ein Dutzend Händepaare packten den Angreifer, unsere Finger krallten sich in seine Haare, in seine Jacke und in seine Hose und wir zerrten ihn an den Armen und Beinen von seinem Opfer weg. Unser Gejohle vermischte sich mit den Schreien und Flüchen des Umzingelten. Der „Sieger" versuchte, die vor Wut rasenden Harpyien abzuschütteln – vergebens. Wir drückten ihn ins Stroh und schlugen zu, wo wir konnten.

„Hier, nimm, du verdammter Hurensohn!" Wenn er nicht mit dem Gesicht nach unten gelegen hätte, hätten wir ihm die Augen ausgekratzt.

Walunias Hilferuf rettete dem Vergewaltiger das Leben – und seine Männlichkeit, denn die Anweisungen von Marysia Russisches Herz blieben nicht ungehört. Langsam richtete er sich auf, stellte sich breitbeinig hin und zog den Revolver. Er werde uns wie tollwütige Hündinnen abknallen, er werde die Scheune anzünden, er werde uns zeigen, was es heißt, einen Helden verächtlich zu behandeln. Die wütenden, nun mit dem anderen Krieger beschäftigten „Hündinnen" hörten ihn nicht einmal. Nur Maria, Jadzia und Frau Dr. P., die – da wenig geeignet – bei dem Ringkampf nicht mitgemacht hatten, drückten sich tiefer in die Dachsparren. Er zielte mit seinem Revolver direkt auf Marta. Er solle schießen, sagte sie, an der Front habe er offenbar nicht genug geschossen, dann solle er ruhig bei ihr anfangen und Hitler einen Dienst erweisen und sein Werk vollenden! Ihre Stimme schraubte sich immer höher, wurde schrill, überschlug sich und brach, aber Marta hörte nicht auf, sie schrie dem Soldaten unsere üblichen Vorwürfe ins Gesicht, wir hätten auf die Befreiung gewartet und nicht auf Vergewaltigungen. Er faselte etwas von Blut und Wunden und dass man die Bezwinger Hitlers ehren müsse. Und so standen sie sich gegenüber, bis zu den Knien im Stroh, wie Puppen in einem Marionettentheater oder wie zwei Tiere, die sich im Kampf gegenseitig belauern, knurrend und zähnefletschend. Plötzlich erschien Bola neben Marta.

„Ich gehe zum NKWD", erklärte sie und ohne auf eine Antwort zu warten, kletterte sie nach unten.

„Ja, geh nur, da warten sie auf dich", rief der „Held" ihr nach.

Er sagte noch etwas, dem zu entnehmen war, dass vor dem Tor ein ganzes Bataillon stehe, er und sein Kamerad hätten genau das bewirken sollen: uns aus der Scheune ins Freie hinauszujagen. Wir wollten jedoch den versteckten Sinn dieser Drohung nicht erkennen. Bola hatte es gewagt, einen Bolschewiken zu lieben, dann sollte sie jetzt beweisen, dass der Bolschewik es verdient, geliebt zu werden. Keine von uns versuchte also, sie zurückzuhalten, ganz zu schweigen davon, sie bei dieser riskanten Hilfsexpedition zu begleiten.

Im Übrigen war es hier nicht weniger gefährlich. Der Muskelprotz warf immer wütender mit Kraftausdrücken um sich und fuchtelte immer hysterischer mit seinem Revolver herum. Da geschah plötzlich etwas völlig Absurdes: Der andere, der mit den mongolischen Gesichtszügen, rief um Hilfe, mit erstickter Stimme, so dass sein Kamerad ihn vermutlich nur mit seinem inneren Ohr gehört hatte. Er ließ Marta stehen und stapfte durch das Stroh. Er stolperte, fiel hin und kroch schließlich auf allen vieren zu dem wild gewordenen Frauenhaufen. Ein Schmerzensschrei ertönte, Agnisia hatte eins mit dem Kolben übergezogen bekommen. Wir eilten zu ihr.

Angst wirkt auf zweierlei Weise: Entweder lähmt sie oder sie weckt ungeahnte Kräfte. Und zwar nicht nur geistige. Aus dem Getümmel im Stroh tauchten die Kämpfer völlig zerzaust und außer Atem hervor, sie schienen nicht gewillt, zumindest vorläufig nicht, die Attacke fortzusetzen. Sie hatten die Lust verloren oder vielleicht hatten sie begriffen, dass angesichts unserer zahlenmäßigen Überlegenheit und eines so solidarischen Widerstands ihre Chancen sehr gering waren. Sie gingen jedoch nicht. Wollten sie uns mürbe machen? Oder warteten sie auf Verstärkung? Sie legten sich ins Stroh und auf die Ellenbogen gestützt begannen sie ein Wortgefecht. Und sie beschimpften uns nach allen Regeln der Kunst! Und verspotteten das herrschaftliche Polen, das der russische Bauer innerhalb eines Tages in die Knie gezwungen hatte, und dann versprachen sie uns, dass wir so oder so in den Kolchosen landen werden, wo die Weiber allen gehören, und zogen über unsere Mütter, Großmütter und Urgroßmütter her und – natürlich – auch über uns, die „deutschen Gevatterinnen" und Handlangerinnen Hitlers. Ob die Nazis es einem besser besorgen? Oder anders? In den Arsch? Ins Maul? Das könnten sie auch, poschaluista, bitte sehr! Warum ein Deutscher für uns besser sei als ein russischer Prachtkerl?

„Du bist kein russischer Prachtkerl, du bist ein russischer Flegel." Marysia, genannt Russisches Herz, konnte sich nicht beherrschen.

In der Stille, die nun eintrat, war nur das unablässige Malmen des Pferdes zu hören.

„Ja, ich bin ein Flegel und du bist eine Verräterin. Und ich werde dich als Verräterin umbringen." Der Kraftprotz erhob sich bedächtig.

„Nein, Lonja, das darfst du nicht." Der mit dem flachen Gesicht hielt ihn an der Jacke fest.

Lonja stand dennoch auf, aber bevor er den Revolver ziehen konnte, knallte es im Hof. Drei Schüsse, einer nach dem anderen. Dann wieder drei. Die beiden Haudegen rissen sich blitzschnell los, sprangen vom Heuboden hinunter und entwischten durch das hintere Tor nach draußen. Fast im gleichen Moment kam Bola mit zwei Rotarmisten in die Scheune.

„Also, wo sind sie?", fragte der eine.

„Sie sind abgehauen! Dort raus! Sofort, als sie die Schüsse gehört haben", schrien wir alle durcheinander.

„Sie sind abgehauen? Waren sie überhaupt je da?", meldete sich der andere zu Wort, halb auf Polnisch, halb auf Russisch.

Ohne auf eine Antwort von Frau Dr. P. zu warten, berichteten wir von der Attacke mit dem Revolver, von der Drohung, die Scheune anzuzünden, und von den Vergewaltigungsversuchen.

„Aber trotz allem, sie haben nichts angezündet und niemanden verletzt."

Da schob sich Agnisia vor uns und zeigte wortlos auf ihre blutige Stirn. Die Offiziere tauschten Blicke.

„Na gut", murmelte der Ältere mürrisch. „Verschwindet von hier! Sofort!"

Als er uns reglos dastehen sah, so als ob wir nicht verstanden hätten, beeilte sich der, der Polnisch konnte, mit der Erklärung: Wir sollten von hier verschwinden, und zwar sofort. Sie hätten wichtigere Aufgaben, als unsere Mösen zu bewachen. Es seien SS-Marodeure in den Wäldern, das sei wohl dringender, oder nicht? Auf der anderen Seite der Oder treffen wir auf Polen, denen können wir die Köpfe verdrehen. Denen werden wir bestimmt nicht vorenthalten, was wir den russischen Rettern nicht gönnen.

„Polen vergewaltigen nicht!", empörte sich Teresa.

„Selbstverständlich! Die Polen sind doch Kavaliere!"

„Ja, der Pole ist kein Mann. Er ist eine Wolke in Hosen."

„Also, los, fort mit euch! Ein zweites Mal kommt niemand mehr hierher." Der, der Polnisch sprach, hatte von uns die Nase gestrichen voll.

Sie gingen und wir begannen eilig zu packen. Auf der Tenne erschienen unsere Männer. Sie sagten kein Wort und spannten das Pferd an. Wir schwiegen ebenfalls. An ein Frühstück war nicht zu denken, auch fragte keine von uns Bola, wie es ihr gelungen war, Hilfe zu holen. Nervös machten wir uns an dem Wagen zu schaffen, die Gefahr war ja noch nicht vorbei. Der Himmel färbte sich im Osten rot, als wir aufbrachen. Da meldete sich Oleńka. Es quälte sie die Frage, was das heiße: „Wolke in Hosen". Sie bekam keine

Antwort. Nicht nur Marysia Russisches Herz, auch Frau Dr. P. ignorierte ihre Wissbegier.

(Erst einige Jahre später sollte ich erfahren, dass „Wolke in Hosen" der Titel eines Gedichts von Majakowski ist.)

*

Aus Bolas Bericht:

Zu ihrem und unserem Glück musste sie nicht lange suchen. Aus einem der ersten Häuser am Dorfrand schallte Musik. Sie dachte sich, dass dies der Sitz des NKWD sein müsse, denn davor standen Wachen. Sie hielten sie nicht auf. Bola öffnete die Tür, hinter der der Lärm einer ausgelassenen Feier zu vernehmen war, und blieb auf der Schwelle stehen. Zehn Augenpaare waren auf sie gerichtet, blickten sie aus geröteten, verschwitzten Gesichtern an. Beißender Rauch vermischt mit Alkoholdunst erfüllte den Raum, die Soldaten saßen in aufgeknöpften Uniformen an einem Tisch, auf dem Konserven und Flaschen standen. Das Erscheinen des Mädchens begrüßten sie mit einem lauten „Oooh". Bola befürchtete, dass sie vom Regen in die Traufe gekommen war, aber trotz ihrer Panik erkannte sie an den Epauletten, dass es sich bei diesen Zechern um Offiziere handelte. Das machte ihr Mut. Sie hielt Ausschau nach dem Ranghöchsten und Ältesten und ging rasch auf ihn zu. Sie fragte ihn, ob hier der NKWD sei und ohne die Antwort abzuwarten, erklärte sie, dass sie und ihre Kameradinnen aus dem Konzentrationslager die Empfehlung bekommen hätten, beim NKWD Schutz zu suchen. Also sei sie hierhergekommen, denn sie würden von Soldaten belästigt, die … Sie redete und kümmerte sich dabei nicht darum, ob sie verstanden wurde, sie reagierte nicht auf die Aufforderungen, Platz zu nehmen und „auf den Sieg" zu trinken, sie trug ihre Beschwerde weiter vor, verhedderte sich, stotterte, kam außer Atem, verlor den Faden und begann wieder von vorne und die Offiziere wiederholten ihr wohlwollendes „Setz dich, Mädchen!". So ging es eine Weile hin und her, bis sie schließlich, völlig verzweifelt, einen Zettel aus dem Ausschnitt zog – es war Koljas letzter Brief an sie – und dem Ältesten, wohl ein Oberst, unter die Nase schob. Sie sei Polin – nun wandte sie sich nur noch an ihn – und liebe einen Russen, der wie sie Häftling in Auschwitz gewesen sei, sie hätten sich geschworen, sich nach dem Krieg zusammenzutun und zu heiraten. Und nun müsse sie sich schämen, die anderen Mädchen verhöhnen sie jede Nacht: „Deine geliebten Russen!" Wie soll sie ihre Liebe verteidigen angesichts dessen, was sie durch die Russen ertragen müssen? Der Oberst, anfangs belustigt, wurde immer ernster, während Bola sprach. Er entfaltete den Papierfetzen, der an den Knickstellen schon eingerissen war, und las. Oder vielleicht tat er nur so? Als er fertig war, hob er die Augen und sah sie eine Zeit lang an. Er schwieg, aber sein Blick schien zu fragen: Wie war so etwas denn dort möglich? Also erklärte sie, dass Kolja einer von diesen tausenden Kriegsgefangenen gewesen war … Aber er hörte schon nicht mehr zu. Mit einer Handbewegung winkte er einen am Ende des Tisches sitzenden Offizier zu sich und sagte leise etwas zu ihm. Der Offizier salutierte. „Kommen Sie", wandte er sich dann an Bola. Der Oberst faltete den Brief vorsichtig und unbeholfen, mit leicht zitternden Fingern zusammen und gab ihn Bola mit einem flüchtigen Lächeln zurück. Der Leutnant werde mit ihr mitgehen und diese Kerle in ihre Schranken weisen. „Den NKWD brauchen Sie nicht aufzusuchen", sagte er. In seinen nun schon ganz wachen Augen entdeckte Bola großen Überdruss.

Der Leutnant rief aus dem Nachbarzimmer einen anderen Offizier zu sich, der Polnisch sprach oder es zumindest verstand, und dann forderte er Bola in einem nicht sehr freundlichen Ton auf, ihnen den Weg zu zeigen. Unterwegs redeten sie nicht mit ihr. Leise beratschlagten sie über etwas. Es dämmerte, als sie zu der Scheune kamen. Da schoss der Leutnant. Er gab drei Schüsse ab und nach einer Weile wieder drei. Da dachte sich Bola, dass das eine Warnung für die beiden Soldaten dort war. Sie hatten nicht die Absicht gehabt, sie zu verhaften.

*

Ich wurde nicht richtig wach, das Bewusstsein schwankte zwischen Traum und Wirklichkeit und konnte die Grenze weder in die eine noch in die andere Richtung überschreiten. Im Traum – das verstand ich, obwohl ich noch schlief – erschien mir mein Elternhaus, umgeben von weiß blühenden Kirschbäumen, aber der hartnäckige Geruch und die feuchte, handfeste Berührung an der Wange entstammten der Wirklichkeit. Der Übergangszustand war angenehm, fast so wie das Fliegen im Schlaf und ich wollte davon nicht weg. Aber das kühle Etwas am Gesicht bezwang die Trägheit der Lider: Ich sah eine üppige Dolde weißen Flieders. Was sollte das bedeuten? Dieser erste oberflächliche und flüchtige Gedanke wurde sofort von einem zweiten verdrängt: dass es Morgen ist und ich also die ganze Nacht ohne Unterbrechung durchgeschlafen habe. In der leeren Kammer oder, besser gesagt – einem Möbelstück nach zu urteilen –, in dem ehemaligen Esszimmer lag auf dem mit Stroh bedeckten Boden niemand mehr. In der schweren, mit Schnitzereien versehenen Anrichte klafften Öffnungen ohne Scheiben, die Glassplitter glitzerten im grellen Sonnenlicht. Es musste fast Mittag sein. Wo waren die anderen? Warum war ich allein? Was bedeutete dieser Flieder? Abschied? Ein Schatten verdunkelte das Fenster und sagte mit Teresas melodischer Stimme:

„Na, bist du endlich wach? Siehst du, wie die Mädchen dich feiern? Was? Kommst du etwa immer noch nicht drauf? Heute ist der Fünfzehnte."

Der Fünfzehnte? Also war, seitdem wir Neustadt-Glewe verlassen hatten, erst eine Woche vergangen? Warum schien es mir, dass diese Wanderung wer weiß wie lange schon dauerte? Wann hatte sie begonnen? Wann würde sie enden? War das magische Wort „Zuhause" ein Ausdruck für ein reales Ziel oder vielleicht doch nur ein unbestimmtes Symbol für etwas Unerreichbares?

Marta kam ins Zimmer.

„Na, Namenstagskind, das Frühstück wartet." Mit einem Lächeln, das ihr Gesicht wunderschön erstrahlen ließ, gab sie mir eine Tafel Schokolade.

„Ein Geschenk von uns dreien. Zum nächsten Namenstag kriegst du ein besseres."

Das erste Geschenk zu meinem Namenstag, den ich in Freiheit beging, eine Süßigkeit aus dem amerikanischen Päckchen, aufgespart mit dem Gedanken an diesen Tag. (Seit dem Zeitpunkt erinnert mich bis heute der Geschmack von Schokolade an die Rückkehr in die Heimat und an Marta, meine Freundin aus Auschwitz.)

Das Frühstück wurde auf dem Rasen hinter dem Wagenschuppen serviert, in der Nähe der Fliederbüsche. Es gab Reste von Zwieback aus den Päckchen, dazu Griebenschmalz aus irgendeiner deutschen Speisekammer. An dem Festmahl nahmen auch unsere zwei Wagenlenker teil, die sich bisher abseits gehalten hatten. Nach und nach lösten sich ihre Zungen, obwohl die Toasts mit Tee ausgebracht wurden, der noch dazu ungesüßt war. Der Ältere war Lehrer von Beruf. Der Jüngere, der weniger von sich preisgab, benahm sich so, als würde ihm irgendetwas auf der Seele liegen, er fühlte sich durch irgendetwas gekränkt, irgendetwas nahm er uns übel. Er wirkte wie ein Bursche vom Dorf, drückte sich aber korrekt aus und mit übertriebener Sorgfalt, was man feststellen konnte, wenn er in ganzen Sätzen sprach, meistens aber beschränkte er sich auf ein, zwei Worte. Wohin er zurückkehre? Nach Hause. Wo dieses Zuhause sei? Natürlich in Polen. Aber … in welcher Stadt oder in welchem Dorf? Ganz Polen sei für ihn sein Zuhause. Dann rutschte ihm jedoch etwas heraus: Ab September werde er ein Gymnasium besuchen, das sei nun möglich, anders als vor dem Krieg.

„Vor dem Krieg war das nicht möglich?", wunderte sich Danka aufrichtig.

„Für bestimmte Leute war es möglich, für andere nicht."

Er stand auf und ging zu unserem Pferd, das in der Nähe auf einem Feld, welches seit dem Herbst nicht umgepflügt worden war, die in den Ackerfurchen üppig aufgehenden Quecken herauszupfte.

Dankas naive Frage hatte ein wenig die Stimmung verdorben.

„Woher weiß er denn, wie es jetzt wird?", fragte Elżunia.

„Bei dem Bauern konnten wir manchmal heimlich Radio hören", antwortete der Lehrer. „Die Lubliner Regierung hat das allgemeine Recht auf Bildung verkündet."

„Die Lubliner Regierung? Sie meinen wohl: die Londoner Regierung?", verbesserte Elżunia den scheinbaren Versprecher.

„Nein, die Lubliner Regierung. Die, die in Moskau gebildet worden ist."

Eine Zeit lang herrschte Schweigen. Aber wir wollten dieser Information nicht auf den Grund gehen. Es war doch so schön hier, geradezu idyllisch. Dieses Frühstück im Obstgarten versetzte uns zurück in die Welt der Schulausflüge, der Pfadfinderlager, in die Welt der Jugend, die uns vor fünf Jahren auf brutale Weise genommen worden war. Wanderlieder erklangen und ohne an die in der Nähe liegende Landstraße zu denken, die immer eine Gefahr darstellte, grölten wir aus voller Kehle: „Uns schrecken Müh und

Arbeit nicht, Pfadfinder kennen ihre Pflicht, wir müssen kämpfen, müssen ringen, soll uns das Leben Freude bringen."

„So schöne Pfingsten." Der Lehrer war gerührt.

Es erhob sich ein großes Geschrei. Pfingsten? Wirklich? Woher wusste er das? Er hatte doch keinen Kalender. Aber seine Erklärung, man müsse bloß die Wochen ab Ostern zählen, hörte keine von uns mehr. Wir schwelgten in Erinnerungen an die mit Kalmus oder Vogelkirschzweigen geschmückten Veranden, Türen und Fenster … Pfingsten, die Obstbäume waren weiß und rosa, Narzissen, Osterglocken und Primeln blühten in den Vorgärten. Agnisia stimmte ein Kirchenlied an: „Komm, Heiliger Geist …"

Diejenigen, die das Lied kannten, sangen mit, die anderen hörten andächtig zu. Maria, sonst immer beherrscht, wischte sich heimlich die Augen, ihre Lippen bewegten sich tonlos. Die feierliche Stimmung wurde von Wacka unterbrochen. Sie sprang auf und sang: „Antek ließ für Mańka beim Maitanz einen Złoty springen. Eine Polka, schöne Polka sollte da erklingen." Sie tanzte, eine Hand am Hinterkopf, die andere an der Hüfte. „Wie ein Springteufel", kommentierte Oleńka angewidert. Ihre Entrüstung wurde nicht bemerkt. Die Fröhlichkeit war ansteckend, im Takt des frechen Gassenhauers wurde ausgelassen das Tanzbein geschwungen. Die Älteren sahen mit einem halb belustigten, halb verlegenen Lächeln zu. Nur Marta, die sich über die Karte beugte, schenkte dem wilden Treiben keine Beachtung.

„Bis zur Oder sind es noch zwei, höchstens drei Tage Marsch", teilte sie mit. „Los, Mädels, es geht weiter!"

„Noch einen Augenblick!" Ewa schleppte ihr Bündel an, wühlte darin herum und holte … einen Fotoapparat heraus! „Bitte alle für ein Foto aufstellen!"

Es gab ein Gedränge, jede wollte in der ersten Reihe stehen. Ein Foto in der Freiheit! Auf dem langen Weg der Heimkehr.

*

Es geschah um die Mittagszeit. Sie waren zu zweit. Ihnen ging es aber nicht um die Befriedigung ihrer Triebe, sondern um materielle Werte. Sie hielten den Wagen an, scheuchten Jadzia herunter und begannen in unseren Sachen herumzuwühlen.

74

„Das braucht ihr nicht", stellte der eine fest und nahm das Akkordeon.

Ich versuchte, es ihm wegzunehmen, und rief dabei, dass das ein Geschenk für meinen Bruder sei, aber er lachte bloß.

„Ich bin auch ein Bruder. Oder etwa nicht?"

Der andere riss unterdessen der sich wehrenden Ewa das Fahrrad aus der Hand.

„Ich habe euch befreit", gab er als Begründung an.

Die Methode der kapitolinischen Gänse wirkte nur insofern, als sie aufhörten in unseren Sachen herumzukramen, zur offensichtlichen Erleichterung unserer beiden Weggefährten, deren schwere Bündel ganz unten im Wagen lagen. Aber sie gingen nicht, sie scherten sich nicht zum Teufel mit ihrer Beute. Die Drohung von Frau Dr. P., dass wir uns beim NKWD beschweren würden, veranlasste sie, uns zu folgen. Um unsere Beschwerde zu verhindern oder um sich erneut an unsere Ladung heranzumachen?

Nicht weit von der Stelle, wo sich all das ereignet hatte, saßen auf dem Stamm eines umgestürzten Baumes drei Offiziere, der älteste im Rang eines Majors. An sie wandten wir uns mit unserer Klage gegen ihre Untergebenen, die sich nicht wie Soldaten einer verbündeten Armee benähmen, sondern wie ganz gewöhnliche Räuber. Die beiden Beschuldigten standen daneben, der eine mit dem Akkordeon in der Hand, der andere auf das Fahrrad gestützt, und hörten mit frechem Gesichtsausdruck den Ausführungen von Frau Dr. P. zu, die über unsere durch den Lageraufenthalt verursachte Erschöpfung sprach und darüber, wie schwer es uns falle, zu gehen, und dass das Fahrrad denen diene, die müde seien, und …

Sie konnte ihren Satz nicht beenden, denn einer der Schlichter fiel ihr ins Wort. Er wollte wissen, was wir mit der Ziehharmonika vorhaben. Wir würden doch wohl nicht darauf spielen und dazu tanzen, wenn wir doch so erschöpft und schwach seien. Wozu also brauchten wir sie? Warum so eine nutzlose Last mit sich herumschleppen? Den Soldaten aber könnte sie das triste militärische Leben verschönern. Es war klar, das Akkordeon würden wir nicht zurückbekommen. Aber vielleicht wenigstens das Fahrrad? Frau Dr. P. berief sich auf die Worte des NKWD-Offiziers, der uns geraten hatte, beim NKWD Schutz zu suchen, wenn uns ein Unrecht geschehen würde. Der Major sagte nichts, aber er hörte aufmerksam zu, mehr noch, er verschlang geradezu jede Silbe und lächelte dabei verstohlen.

„Sind Sie aus Leningrad?", erkundigte er sich.

„Nein, ich bin aus Radom", erwiderte Frau Dr. P., überrascht durch diese Frage. Und dann fügte sie hinzu, dass sie nur ihre Kindheit in Sankt Petersburg verbracht habe, dort nämlich hätten ihre Eltern bis zur Oktoberrevolution gelebt.

Zufrieden darüber, dass er den Leningrader Akzent erkannt hatte, befahl er dem Soldaten, das Fahrrad zurückzugeben.

„Das gebe ich nicht zurück", entgegnete dieser dreist.

„Ich habe dir gesagt, du sollst es zurückgeben", wiederholte der Major, doch das klang eher wie eine Bitte und nicht wie ein Befehl.

„Ich gebe es nicht zurück. Ich habe gekämpft!" Der Soldat streckte die ordengeschmückte Brust heraus. „Ich habe mein Blut vergossen!" Er begann, die Uniform und den Hosenbund aufzuknöpfen, er wollte uns bestimmt seine Narben zeigen.

„Lass das, ist nicht nötig." Der Major winkte ab, sein Blick drückte Hilflosigkeit aus. Er beugte sich zu Frau Dr. P. und flüsterte ihr etwas ins Ohr. Darauf wandte sie sich an uns:

„Gehen wir, Mädchen. Es ist besser, wenn wir so weit wie möglich von hier weg sind."

Sie teilte uns nicht mit, was ihr der Major gesagt hatte, trotzdem setzten wir uns eilig in Bewegung. Ewa hielt sich weinend am Wagen fest. Ich teilte ihre Verbitterung. Ich hatte kein Mitbringsel mehr für meinen Bruder.

*

Es war so, als käme man in ein anderes Land. Nicht nur die Dörfer erschreckten durch ihre Leere, auch in den Städten waren auf den Straßen lediglich Soldaten anzutreffen. Die Häuser, offenbar in Panik verlassen, boten kostbare Schätze: Tüten mit getrocknetem Brot, eingelegtes Gemüse, sogar Kartoffeln. Würde uns die Angewohnheit, uns Fremdes zu nehmen, als sei es Eigenes, für immer bleiben? Keine von uns zerbrach sich anscheinend darüber den Kopf. Die Jahre im Konzentrationslager hatten uns gelehrt, nicht über die ferne Zukunft nachzudenken, nicht weiter zu denken als bis zur nächsten Stunde, die es zu überleben galt. Wir waren noch nicht völlig aus dem Lager heraus. Dass wir nie ganz herauskommen würden, wussten wir damals noch nicht.

Es ging zügig voran, besonders weil Frau Dr. P. uns nach einigen Kilometern enthüllte, was ihr jener Major, der am Wegrand saß, ins Ohr geflüstert hatte: dass in dieser Nacht ungefähr zweihundert Einwohner aus dem Städtchen abtransportiert worden waren, weil sie Angehörige der Wehrmacht unterstützt hatten, die sich in den umliegenden Dörfern versteckt hielten. Angeblich waren unter den Verhafteten auch Menschen, die zufällig dort übernachtet hatten, und das waren keine Deutschen. Also eilten wir, so schnell wir nur konnten, von diesem verhängnisvollen Ort fort. Die Sonne, zwar etwas verschleiert, setzte uns dennoch zu, aber niemand klagte über Müdigkeit, nicht einmal Ewa.

Und wieder eine Scheune und sogar ein Feuer, um etwas zu essen zu kochen. Kartoffelsuppe mit eingeweichtem Zwieback und mit Kürbismarmelade gesüßter Tee versetzten alle in Glückseligkeit. Das tägliche Ritual: die Spuren des Feuers beseitigen, das Geschirr am Brunnen abwaschen, das Pferd mit einer ausreichenden Menge Gras versorgen und dann nur noch das Tor verschließen und ab ins Heu. Dieses Mal brauchten wir jedoch nicht nach oben zu klettern, es war kaum Stroh vorhanden. Bevor wir uns schlafen legten, schlug Maria schüchtern vor, man müsste doch eigentlich der göttlichen Vorsehung für diesen glücklich überstandenen Tag danken, umso mehr, als Pfingsten sei. Alle waren einverstanden, auch diejenigen, die gemeinsame Gebete eigentlich als etwas Plebejisches ablehnten. Teresa stimmte ein Veni Creator an, aber bevor wir anderen einfallen konnten, war von der gegenüberliegenden Seite der Scheune eine zornige Stimme zu vernehmen:

„Könnt ihr vielleicht leise sein? Wollt ihr etwa Gäste haben?"

Das war der Jüngere. Er hatte Recht, aber er hätte es weniger schroff ausdrücken können. Teresa beendete den Hymnus flüsternd und legte sich hin, andere beteten noch, jede für sich. Woran dachten sie, als sie ihre Bitten oder ihre Dankesworte an diese dritte, am wenigsten begreifliche Person der Heiligen Dreifaltigkeit richteten? „Komm, Heiliger Geist, erfülle unsere Herzen …" Dieses Gebet hatten wir immer in der Schule zu Beginn des Religionsunterrichts gesprochen. Wenn wir ans Ziel kommen, würden wir dann nicht all das wieder neu lernen müssen – ein Leben mit Werten, die wir im Lager aufgegeben hatten, da sie uns nicht nützten?

Wir waren noch nicht eingeschlafen, als die Stille plötzlich von einem Donner durchbrochen wurde. Was war das? Eine Bombenexplosion? Artillerie? Ein Blitz zerriss die Dunkelheit und wieder grollte es, diesmal näher. Ein Gewitter. Das war bloß ein Gewitter. Ein starker Wind kam auf, die Donner ertönten immer öfter und lauter, die Blitze erhellten das Innere der Scheune und zeigten unsere Gesichter, die eher erstaunt als erschrocken aussahen.

„So was …", sagte Elżunia. „Immer hatte ich schreckliche Angst vor Gewittern, aber jetzt …"

„Jetzt hast du keine Angst?"

„Nein, irgendwie nicht." Und nachdem sie eine Weile geschwiegen hatte, fügte sie hinzu: „Bei so einem Wetter rückt uns hier keiner auf die Pelle."

Ich aber hatte Angst. Und zugleich spürte ich Freude. Das war eine andere Angst als die vor den SS-Männern, vor den Wachhunden oder vor den Kapos. Während all der Jahre im Lager hatte ich keine Angst vor Gewittern. Aber jetzt zitterte ich so wie in den Ferien bei den Großeltern, wenn die Großmutter bei Unwettern kleine Kreuze aus geweihten Palmkätzchen in die Fenster gestellt und Kerzen angezündet hatte. Diese Angst erniedrigte einen nicht, sie war eine Art Gottesfurcht. Ich rollte mich nach jedem Blitz zusammen und sang im Geist ein Magnifikat. Ich war frei.

Das Gewitter hörte nicht auf, war mal näher, mal weiter weg, aber es blieb trocken. Eine zweite schwarze Wolke zog auf. Es blitzte und donnerte gleichzeitig, nicht einen Augenblick lang war es dunkel, die Donner vermischten sich zu einem einzigen Dröhnen, durch das hindurch kaum vernehmbar das ängstliche Wiehern des Pferdes drang. Plötzlich krachte es gleich nebenan, ein Windstoß riss das Scheunentor auf und das Pferd galoppierte mit einem entsetzlichen Quieken nach draußen. Und da fing es an zu schütten, das Wasser lief in Strömen durch die Dachritzen.

„Das Pferd ist abgehauen! Oh Gott! He, ihr Männer, unser Pferd ist abgehauen!", schrie Teresa.

„Dann fangen Sie es doch ein!", schrie der Jüngere zurück.

Tatsächlich konnte man nicht verlangen, dass jemand nach draußen ging. Der Regen kam in Sturzbächen vom Himmel, beide Tore standen offen und durch die Tenne peitschte das Wasser. Mal ließen die Blitze nach, dann nahmen sie wieder zu. Das Unwetter dauerte bis zum Morgengrauen. Als es dämmerte, ging Teresa, ohne auf den immer noch nieselnden Regen zu achten, hinaus, um das Pferd zu suchen. Sie kam verzweifelt zurück.

Es war schon hoher Tag, als wir aus bleiernem Schlaf erwachten. Auf der Tenne stand unser Pferd, der Jüngere rieb es mit einer Handvoll Stroh ab. Die überglückliche Teresa wäre ihm beinahe um den Hals gefallen.

„Sie haben ihn gefunden! Wo? Ich habe rundherum alles abgesucht."

„Sie hätten ein Venikrator singen sollen, dann wäre er von selbst gekommen", antwortete er barsch.

Wir sahen es, bevor wir das Anwesen verließen. Der Stamm der bei der Einfahrt stehenden Linde war von einer Schramme gezeichnet. Die Furche, in der frischer Saft glänzte, verlief vom Wipfel bis zur Wurzel. Die Splitter der Rinde bedeckten im Halbkreis den Rasen. Wie versteinert standen wir da, nur Maria flüsterte etwas. Sie dankte dem Baum, dass er den Blitzschlag empfangen hatte, der – wer weiß – die Scheune hätte treffen sollen.

*

Doch damit nicht genug der Überraschungen: An der Einfallstraße in die Stadt stand ein Soldat und regelte den Verkehr, den es im Übrigen kaum gab. Unser Gefährt war für ihn wie das sprichwörtliche Korn für das blinde Huhn. Er wedelte mit seinem Fähnchen und befahl uns, an die Seite zu fahren. Unsere wortreichen Versuche, ihn davon abzubringen, machten ihn bloß wütend. Nicht nur wir hätten es eilig, nach Hause zu kommen! Wenn es an der Zeit sei, würden wir weiterfahren. Da war nichts zu machen, wir hockten uns an den Straßenrand. Ein Teil von uns zerstreute sich in die umliegenden Gehöfte und Gärten, um für das Pferd etwas Grünfutter aufzutreiben, die anderen lehnten sich an den Wagen und streckten das Gesicht in die Sonne, die nach dem Gewitter nun strahlend am Himmel stand. Der den Straßenverkehr regelnde Soldat hingegen waltete seines Amtes, glücklich darüber, dass er Zuschauer hatte. Er stand neben der asphaltierten Fahrbahn, um in dem Moment, in dem sich ein Gefährt näherte, mitten auf die Straße zu springen und, indem er eine Hand nach oben streckte und die andere seitwärts, die Fahrtrichtung anzuzeigen. Das sah wie ein ritueller Tanz aus, aber nach einer Stunde hatten wir genug von diesem Schauspiel. Wir mussten etwas unternehmen. Marta breitete die Karte aus und nach einer Weile war es ihr gelungen, eine andere Strecke zu finden. Wir würden zwar einen Umweg machen müssen, aber das war besser, als auf die Gnade dieses Hampelmanns zu setzen und zu warten. Es gab keinen Einwand. Die Männer ließen das Pferd noch die letzten Grashalme rupfen und legten ihm dann die Kandare an. Als der Wagen kehrtmachte, kam der Soldat, der unser Tun aus den Augenwinkeln beobachtet hatte, herbeigelaufen:

„Wo wollt ihr hin?" Er schien beunruhigt.

„Wohin wohl? Zu den Amerikanern!", antwortete Marysia Russisches Herz schnippisch. „Wenn Sie uns hier nicht durchlassen, dann gehen wir eben dahin, egal. Und wenn uns der NKWD fragt, warum wir als Polinnen nicht nach Polen zurückkehren, dann erzählen wir, wer uns daran gehindert hat."

Das stimmte ihn milde. Er erklärte, warum er uns angewiesen hatte zu warten: Es sei die Durchfahrt hoher Militärs angekündigt und er habe Befehl, die Straße frei zu halten, also, die müsse leer sein. Aber da ihm nicht gesagt worden sei, wann genau der Konvoi hier durchkommen soll, werde er uns nun passieren lassen. Er stürzte auf die Fahrbahn, drehte sich auf seinen Absätzen, kreuzte die Arme und schwenkte sein Fähnchen.

„Schert euch zum Teufel!", gab er seinen Segen.

In dem Städtchen erhielten wir Lebensmittelkarten für Brot und – was noch erstaunlicher war – es gab sogar tatsächlich Brot. Gleich am Ortsausgang stand eine Herde Kühe. Alle, selbst Danka, machten sich ans Melken. Das Mittagessen war fürstlich: frisches Vollkornbrot und dazu lauwarme Milch. Insgesamt war das kein schlechter Tag. Und die Nacht, die ihm folgte, war ebenfalls gut und verlief ohne die üblichen Unterbrechungen.

Am frühen Nachmittag des nächsten Tages kamen wir nach Eberswalde. Aus der Karte ging hervor, dass uns von der Oder, hinter der angeblich schon Polen anfangen sollte, höchstens drei Stunden Marsch trennten. Als wir überlegten, ob wir nicht versuchen sollten, noch heute dorthin zu gelangen, stand plötzlich wie Rumpelstilzchen ein Verkehrsposten vor uns. Schon wieder. Mit lauter Stimme teilte er uns mit, dass er eine Aufgabe für uns habe. Eine Aufgabe? Für uns? Was für eine denn? Wir trauten unseren Ohren nicht. Also … Die Fahrbahn war bedeckt mit Blütenblättern und Blütenständen der umstehenden Kastanienbäume, die durch das Gewitter heruntergerissen worden waren. Wir sollten sie wegkehren. Nicht mehr und nicht weniger, nur das. Einfach die Straße fegen. Die Diskussion war ebenso heftig wie aussichtslos. Wir würden nicht weiterfahren, bevor wir das nicht erledigt hätten. Für die Deutschen hätten wir gearbeitet, aber wir seien zu faul, den Befreiern beim Ordnungmachen zu helfen? Die Besen stünden dort, beim Kiosk. Es gab tatsächlich welche, solche für draußen, aus Birkenreisig gemacht, aber auch ein Haushaltsbesen aus Rosshaar war dabei. So ausgestattet machten wir uns an die Arbeit, auch die humpelnde Jadzia. Es ging schließlich darum, möglichst bald weiterzukommen. Der Gedanke daran, vielleicht heute noch auf die andere Seite der Oder zu gelangen, wirkte wie ein Dopingmittel. Nur Ewa rebellierte. Sie müsse ihr geschwollenes Bein schonen. Sie legte sich auf den Wagen, um unsere Habe zu bewachen. Die Arbeitswerkzeuge reichten jedoch nicht für alle, manche schoben mit den Füßen den Blütenteppich zusammen. Schon nach wenigen Minuten zeigte sich, dass wir in eine Falle getappt waren.

„Das ist eine Idiotenarbeit", stellte Halina aus Białystok fest. „Damit werden wir nie fertig."

Es sah tatsächlich danach aus. Der leichte Wind, der die Baumwipfel bewegte oder durch die Allee wehte und weiße und rosa Blütenwolken aufwirbelte, erschwerte uns zudem die Aufgabe. Und auch bei jedem Schwung mit dem Besen flogen die Blütenblätter nach oben und schwebten dann wieder zu Boden, aber nicht an derselben Stelle, sondern an einer anderen, jedoch immer auf die Fahrbahn. Es war ähnlich wie in Birkenau, wenn wir den Schlamm von der Lagerstraße zu beseitigen hatten. Wir sollten ihn auf einer Art Trage vor das Tor hinausbringen, aber bevor man zehn Meter gegangen war, war der dünnflüssige Matsch auf die Erde geronnen und auf der Trage war nichts davon übrig geblieben. Hier bestand wenigstens nicht die Gefahr, dass man sich völlig eindreckte, die Blütenblätter rieselten wie Konfetti auf die Haare und streiften mit einer samtigen Berührung das Gesicht, sie flatterten herum wie weiße Schmetterlinge – das erinnerte an Karneval und hatte zugleich etwas Poetisches.

Nach einer halben Stunde dieser Reinemach-Aktion kam uns, was wir da taten, absolut sinnlos vor. Manche von uns begannen, in dieser Beschäftigung eine Art Spiel zu sehen, und legten richtig los. Mit gezielten Besenschwüngen wirbelten sie eine Blütenwolke hoch und während sie zuschauten, wie sie woanders, weiter weg, niedersank, und zwar merkwürdigerweise immer in der Nähe des Verkehrspostens, vollführten sie irgendwelche Tanzschritte, Pirouetten und andere Ballettfiguren. Diejenigen, die ihre tänzerischen Fähigkeiten nicht im Rhythmikunterricht erworben hatten, sondern auf Abiturbällen oder Feuerwehrfesten, tobten auf ihre Weise herum. Walunia, die ihren Besen mit beiden Händen festhielt, drehte sich im Kreis und trällerte dabei ein Lied von einem Besenmacher, Danka führte Menuettknickse vor, Elżunia und Halina glitten im Polonaise-Schritt dahin, die übrigen sangen aus Leibeskräften: „Hulala, hulala, ihr Gänslein, hulala, hulala, schnell, schnell heim!" Sie bildeten einen Kreis um den verwirrten Soldaten. Vorbeifahrende Jeeps hupten hysterisch, unser Gehopse musste von weitem wie eine Art Walpurgisnacht aussehen. Die Tänzerinnen sprangen zur Seite, um sich kurz darauf dem verrückten Reigen wieder anzuschließen. Die die Straße bedeckende Blütenschicht verschwand nicht und der Soldat, der den Verkehr regeln sollte, sah schon aus wie ein Schneemann. Er lenkte aber nicht ein, die Zeit verging und das Kräftemessen dauerte an: Wer würde länger durchhalten? Nur die Älteren machten bei diesem Schabernack nicht mit und bemühten sich redlich im Kampf gegen den Kastanienbaumniederschlag. Schließlich hatte der uns triezende Soldat genug, unsere Anwesenheit auf der Fahrbahn war eine größere Gefährdung als der Blütenbelag. Er befahl uns zu verschwinden und gab uns einen Wunsch mit auf den Weg, der noch weniger galant war als der seines Vorgängers.

Es war jedoch schon zu spät geworden, um vor Einbruch der Dunkelheit bis zur Oder zu gelangen. Vernünftiger war es, in Eberswalde zu bleiben, umso mehr, als wir ein anständiges Nachtquartier ausfindig gemacht hatten: eine Schule, die nicht mehr in Betrieb war. In dem Gebäude wimmelte es von Menschen und es herrschte ein Sprachengewirr wie beim Turmbau zu Babel. Außer den slawischen Sprachen waren Französisch, Niederländisch und sogar Englisch zu hören. Die Tschechen fragten nach ihren Landsmänninnen, ob nicht eine in unserer Gruppe sei? Zum Glück kam es niemandem in den Sinn, von Lidia zu erzählen, die so schön von Prag gesungen hatte …

*

Die Frau kam zu unserem Platz im Flur, weil sie zuvor die Nummern auf unseren Unterarmen entdeckt hatte. Zum ersten Mal sehe sie so etwas und sie wolle gerne wissen, was das bedeute. Ob das vielleicht ein Abzeichen einer bestimmten Gruppierung sei? Sie hörte sich unsere Erklärung an, aber der Ausdruck auf ihrem Gesicht verriet, dass sie das, was wir erzählten, für eine Erfindung hielt. Ohne Kommentar und ohne weitere Fragen kam sie zur Sache: Sie wolle uns darüber informieren, dass wir uns, um die Oder zu überqueren, einige Kilometer flussaufwärts begeben müssten, zu einer Pontonbrücke, da die nächstgelegene Brücke abgerissen worden sei. Auf unsere Frage, woher sie das wisse, zuckte sie mit den Achseln: Sie habe die Brücke doch von der anderen Seite her überquert. Fünf Tage habe sie auf die Überquerung gewartet. Zum Glück sei sie in einer Gruppe von Holländern gewesen, die von der Zwangsarbeit oder vielleicht auch aus einem Lager zurückkehrten. Sie hätten sie aufgenommen, sonst wäre sie nicht in den Westen gekommen, wo sie ihren Bruder suchen wolle.

Es war etwas Beunruhigendes in ihrem Verhalten, in ihrer nervösen Sprechweise und in ihrem gehetzten Blick. Sie erweckte kein Vertrauen. Aber nicht deshalb, weil sie in die entgegengesetzte Richtung ging. Da war sie ja nicht die Einzige. Wir hatten schon Polen getroffen, die aus Polen flüchteten. Einer von ihnen, und das war kein junger Mann mehr, hatte offen zugegeben, warum er das tat: In dem Land werde niemals Normalität einkehren, das zeige sich jetzt schon, er aber brauche zum Leben nichts weiter als normale Verhältnisse. Diese Frau jedoch, die vielleicht dreißig Jahre alt und sogar recht hübsch war, obwohl sie etwas verwahrlost aussah, hatte Angst in den Augen. Nachdem sie uns jenen wertvollen Hinweis gegeben hatte, ging sie nicht weg, im Gegenteil, sie bot uns Zigaretten an. Die Raucherinnen stürzten sich gierig darauf, sie aber setzte sich auf die Fensterbank. Eine nach der anderen qualmend, erzählte sie ununterbrochen. Sie sprach über sich. (Später, als wir auf dem Lagerplatz an der Oder warteten, kamen wir zu der Erkenntnis, dass sie sich nur deshalb zu uns gesellt hatte, um sich alles von der Seele zu reden, um zu beichten.) Sie sei es uns, die wir in Auschwitz waren, schuldig zu gestehen, dass sie eine Deutsche sei. Deshalb müsse sie einen neuen Ort zum Leben suchen. Seit drei Generationen habe ihre Familie in Polen gelebt, jetzt sei damit Schluss. Sie habe natürlich kein Recht, zu erwarten, dass man sie akzeptiere, aber man könne sie doch wenigstens gleichgültig behandeln. Das sei alles sehr, sehr schade. Sie sei in eine polnische Schule gegangen, habe ein polnisches Gymnasium abgeschlossen. Sie liebe Mickiewicz und Słowacki mehr als Goethe und Schiller. Niemand im Lyzeum habe sie wie eine Fremde behandelt. Erst als die Deutschen einmarschierten … Auf einmal, von einem Tag auf den anderen, sei es leer um sie geworden. Ihre beste Freundin habe zu ihr gesagt: „Verzeih mir, aber wir können uns nicht mehr treffen." Nun ja, die Eltern ließen sich in die Volksliste eintragen. Ein bisschen wohl, um ihre Ruhe zu haben, denn man hatte sie unter Druck gesetzt. Oder vielleicht wegen der Lebensmittelkarten? Sie hatte anfangs protestiert, aber dann nachgegeben. Schließlich hatten sie ein Recht dazu, sie waren doch Deutsche. Sie hätten den Polen nichts Böses angetan, im Gegenteil, sie hätten sogar einigen Nachbarn geholfen. Ihre alte Haushälterin, die vor dem Krieg bei ihnen gearbeitet habe, hätten sie regelrecht durchgefüttert, damit sie nicht Hunger litt.

Sie redete und redete, durch keine Frage angeregt und ohne unser Schweigen, das von Empörung, Abneigung und Feindseligkeit erfüllt war, zu bemerken. Sie habe nichts zu tun gehabt mit der Gestapo und auch nicht mit den anderen verbrecherischen Organisationen. Sie sei auch nicht in der Partei gewesen. Ihre Eltern? Ja, der Vater sei in die NSDAP eingetreten, leider. Das hätte er nicht machen sollen, ganz gewiss nicht. Deshalb habe er zusammen mit ihrer Mutter Polen schon Ende des letzten Jahres verlassen. Sie sei dageblieben. Zum ersten Mal habe sie sich entschieden widersetzt. Sie bedaure nicht, dass sie sich nicht schon früher dazu durchgerungen habe, aus Polen wegzugehen. Sie habe das Land nicht verlassen wollen und fälschlicherweise gehofft, dass sie trotz allem dort würde leben können. Sie habe doch niemandem etwas getan. Aber die Gerüchte darüber, was die Sieger in Pommern anrichteten, hätten den Ausschlag gegeben. Es würden Leute nach Russland deportiert, nur deshalb, weil sie Deutsche seien. Sie habe für sich da nichts anderes erwarten können.

Sie zündete sich die nächste Zigarette an, zog heftig daran und atmete den Rauch so gierig ein wie ein Mensch, der aus einem stickigen Raum hinaus ins Freie geht und dort tief Luft holt.

Die Holländer, mit denen sie unterwegs sei, seien auch in irgendeinem Lager gewesen und dennoch hätten sie sie menschlich behandelt. Ihnen habe sie zu verdanken, dass sie auf diese Seite gelangt sei. Sie sei nicht irgend so eine Volksdeutsche, die sich für ein Stück Brot zu ihren deutschen Vorfahren bekannt habe, sie sei eine richtige Deutsche. Aber wenn der Krieg nicht gewesen wäre, wäre sie nie aus Polen weggegangen. Und ihre Eltern auch nicht. Sie hätten es nicht schlecht gehabt in Litzmannstadt.

„Das war nie eine deutsche Stadt. Und sie hieß immer Łódź", warf Wacka brüsk ein.

„Natürlich, Łódź." Die Frau lächelte entschuldigend.

Also, in diesem Łódź hätten sie sich zu Hause gefühlt. Nun müssten sie sich mit einem neuen Vaterland vertraut machen. Denn im Grunde genommen würden sie es nicht kennen und es sei ihnen wirklich fremd. Ihre Eltern würden sich wahrscheinlich besser anpassen können, aber sie selbst? Sie wisse es nicht. Sie könne sich sich selbst dort gar nicht vorstellen. Sie wisse nicht einmal, ob sie sich mit ihren Eltern zusammentun wolle. Sie empfinde zu viel Groll ihnen gegenüber.

Und der Bruder? Sie habe erwähnt, dass sie ihn suchen wolle. Ist er auch früher weggegangen? Mit den Eltern vielleicht?

Etwas zu lange mussten wir auf ihre Antwort warten, als dass sie hätte überzeugend klingen können.

„Mein Gott, wie gut er ausgesehen hat in der Uniform eines Fähnrichs der Polnischen Armee!" Ihr Lächeln, das diese Erinnerung begleitete, war jedoch düster.

Und in der anderen Uniform? Die Frage, die uns allen ins Gesicht geschrieben stand, wurde nicht gestellt. Am Ende des Flurs war eine Stimme zu hören, sie rief:

„Toni, wo bist du?"

„Ich komme schon!" Sie rutschte von der Fensterbank herunter und zog ein paar Zigarettenschachteln aus der Tasche. „Die werdet ihr gut gebrauchen können."

Aber Maria lehnte mit einer Handbewegung ab.

„Nein, danke."

85

Die Frau musterte uns, nickte mit dem Kopf und steckte die Schachteln wortlos wieder ein.

„Eine glückliche Heimkehr wünsche ich!" Sie entfernte sich einige Schritte, blieb dann stehen und drehte sich um. „Und alles Gute für euch und für Polen!"

Am nächsten Tag, als wir den Fluss überqueren wollten, dachten wir über jedes Wort ihres Geständnisses nach und auch darüber, was sich hinter den Worten verbarg. Wir bedauerten, dass wir die Zigaretten abgelehnt hatten. War es recht gewesen, diese Frau so zu behandeln?

Elżunia setzte unseren nachträglichen Skrupeln ein Ende:

„Habt ihr etwa schon den Unterscharführer Perschel vergessen? Hat der sich nicht damit gebrüstet, dass er die Offiziersschule in Zegrze besucht hat und unter den letzten Verteidigern der Festung Modlin war? Und drei Jahre später hat er auf dem Motorrad die vor dem Krematorium fliehenden Kinder gejagt. Der Bruder dieser Frau … Sie hat uns nicht gesagt, welche Uniform er nach der polnischen, die ihm so gut stand, angezogen hat."

*

Eine kilometerlange Kolonne von Menschen, Wagen, Fahrrädern, Schubkarren, Rollern und anderen eigenhändig aus verschiedenen Teilen zusammengebauten, sehr kuriosen Fahrzeugen. Wir warten Stunden und aber Stunden auf die Flussüberquerung. Andauernd wird die Menge von der Nachricht elektrisiert, dass nun gleich alle hinübergelassen werden. Und wieder nichts. Wir stehen. Wir verscheuchen die Fliegen vom Pferd. Zum Glück ist es am Morgen ordentlich getränkt worden. Nun sehen wir uns vergebens nach Wasser um. Es ist sehr heiß. Auch nicht das kleinste Fleckchen Schatten, in das man sich flüchten könnte. Viele Stunden schon quälen wir uns so am Eingang zum Vaterland. Einige Ukrainerinnen vertreiben sich die Langeweile mit Singen. Ich kenne die Melodien, zu einer haben wir in der ersten Klasse die Worte „Ans Fenster klopft ein Vögelchen, mach ihm auf, du Mädelchen!" gesungen. Und nun höre ich: „Der Nachbar hat ein Haus gar klein, doch eine Frau so schön und fein …" Wie oft sollte es mir noch passieren, dass ich in einem Lied, welches ich für polnisch gehalten habe, einen anderen Ursprung entdecken würde!

Immer wieder entsteht ein Tumult. Die Panik wird ausgelöst durch Gerüchte, dass nicht alle durchgelassen werden, dass man die Leute durchsucht und ihnen ihre Sachen wegnimmt. Mehr als eine Gruppe macht kehrt und geht dahin zurück, woher sie gekommen ist. Der Nachmittag verrinnt, die Schatten werden länger, wir haben schrecklichen Durst. Schließlich setzt sich die Kolonne in Bewegung. Noch fällt es schwer zu glauben, dass wir nicht bloß an die Stelle derjenigen aufrücken, die in den Westen zurückgekehrt sind. Aber es geht weiter, Schritt für Schritt. Wir rücken langsam vor, wir kommen tatsächlich langsam voran! In der Kolonne herrscht ängstliche Stille. Bloß gehen, bloß nicht stehen bleiben! Und dann: Die Hufe klappern auf Brettern, das klingt verheißungsvoll. Die Brücke. Zwischen den Pontons gluckert das Wasser. Das ist die Oder. Irgendwie ist einem seltsam zumute, wehmütig und bange. Das ist also die Grenze? Noch ein paar Meter und dann sind wir in Polen? Nein, doch nicht. „Stoj! Halt!" Soldaten. Noch immer sowjetische Soldaten. Sie befehlen uns, rechts an die Seite zu fahren. Wir tun das. Es stellt sich heraus, dass wir den Fluss erst zur Hälfte überquert haben und auf einer Insel sind, die zwischen zwei Flussarmen liegt. Um auf die andere Seite zu gelangen, muss man noch über den zweiten Flussarm – der ist breiter. Auf der Insel ist es voll, ein Lärm wie auf einem Jahrmarkt, Kirmesstimmung. Lagerfeuer brennen. Es ist nicht leicht, ein Plätzchen für unseren Haufen zu finden. Schließlich entdecken wir eine freie Stelle, sie liegt nicht besonders günstig, gleich am Wasser. Feucht ist es hier und voller Mücken. Wir müssen uns einreden, dies sei ein Pfadfinderlager. Dass wir kein Zelt haben? Na ja, was soll's? „Uns schrecken Müh und Arbeit nicht ..." Immerhin ist unser Pferd zufrieden. Es trinkt direkt aus dem Fluss.

Wir schwärmen aus auf der Suche nach etwas, womit wir ein Feuer machen können, um Wasser zu kochen. Die Nachbarn warnen uns: Ungekocht dürfe man das Wasser nicht trinken – noch immer schwemmt die Oder Leichen ans Ufer. Wir sammeln Papier und irgendwelche Abfälle, die sich zum Verbrennen eignen. Eine Sisyphusarbeit. Auf der Insel gibt es nichts Brennbares mehr, sogar das Weidengestrüpp ist ausgeholzt worden. Ziellos durchstreifen Agnisia und ich den Lagerplatz und vernehmen dabei das vielsprachige Stimmengewirr. Plötzlich dringt Französisch an unser Ohr und – mehrmals – der Name Gaston! Wie hypnotisiert begibt sich Agnisia in die Richtung, aus der das zu hören gewesen ist, ich gehe hinter ihr her. Natürlich sind das nicht jene Franzosen, warum sollten sie auch hier sein? Sie sind bestimmt schon zu Hause. Diese da – sie sind zu fünft – halten uns für Landsleute. Sie fragen etwas, sie sprechen sehr schnell, es lassen sich kaum einzelne Worte aus ihrem Wortschwall herausfischen, schließlich merken sie, dass wir sie nicht verstehen. Warum sind wir dann zu ihnen gekommen? Der Name … Gaston, versucht Agnisia zu erklären. Sie holt aus ihrem Ausschnitt den Zettel mit der Adresse hervor. Vielleicht kennen sie ihn? Vielleicht waren sie im selben Lager? Die Franzosen sind neugierig geworden, am meisten dieser Gaston. Er versichert Agnisia, dass er nicht schlechter sei als jener, er werde gerne für ihn einspringen. Die anderen weisen ihn zurecht, er solle es gut sein lassen mit seinen Scherzen, das Mädchen suche seinen Geliebten und das sei wirklich bewegend. Sie würden zwar ihren Gaston nicht kennen, aber sie kämen an Belfort vorbei und könnten ihm eine Nachricht von ihr überbringen oder … ja, genau – ereifern sie sich –, am besten sie selbst übergeben. Um sechs Uhr morgens dürften die den Fluss überqueren, die in Richtung Westen gehen wollen, sie solle sich ihnen anschließen, sie werde gewiss als Französin durchgehen mit ihrer gebogenen Nase und ihren mandelförmigen Augen. Sie reden ihr immer eindringlicher zu. Diese in einen Gaston verliebte Polin gefällt ihnen, sie werden ihr helfen ihn zu finden, da könne sie sicher sein. Agnisia hört ihnen begierig zu, diese Aussicht lockt sie, sie sieht mich an: „Was soll ich machen, sag mir, was soll ich bloß machen?" Ich sage ihr, dass sie bis sechs Uhr Zeit hat, es sich zu überlegen, jetzt aber müssten wir zurückkehren, etwas essen und uns irgendwie für die Nacht unter freiem Himmel vorbereiten. Die Franzosen aber haben Agnisia schon ans Feuer gesetzt. Sie drücken ihr einen Becher in die Hand, sie soll ein bisschen bei ihnen bleiben, Kaffee trinken und von sich und Gaston erzählen …

Das armselige Häuflein Zweige und das bisschen Abfall sind nicht imstande, die schwache Flamme zum Lodern zu bringen. Dank der großherzigen Nachbarn, die uns erlauben, ihr gewaltiges Feuer zu nutzen, bekomme ich ein Töpfchen mit einer Flüssigkeit von undefinierbarem Geschmack. Der Ältestenrat nimmt es mir übel, dass ich ohne Agnisia zurückgekommen bin.

„Ihr passiert nichts", beruhigt Danka, „das sind doch nur Franzosen."

Allmählich verstummen die Gesänge, werden die Gespräche leiser. Wir wickeln uns ein in das, was wir haben, aber die Kälte, die vom Wasser her kommt, durchdringt alles. Und die Mücken … Sie verfangen sich in den Haaren, kriechen in die Augen, in die Nase, in die Ohren. Wir verscheuchen sie, decken uns gut zu, aber sie stechen durch den Stoff hindurch. Nicht einmal für einen Moment kann man einschlafen. Auch der Gedanke an die nicht anwesende Agnisia beunruhigt uns. Wozu wird sie sich entschließen? Es wäre seltsam, wenn sie jetzt, da wir das Schlimmste hinter uns haben, die Marschrichtung ändern würde. Hier kehrtmachen, das ist, als würde man vor der Haustür umdrehen. Wartet daheim niemand auf sie? Dass sie so den Kopf verliert wegen eines jungen Mannes, den sie unterwegs getroffen hat! Was weiß sie schon über ihn? Und wenn er eine Frau hat und Kinder? Die Liebe … Wir waren im Lager jahrelang ohne sie ausgekommen. War es jetzt schon Zeit für die Liebe? Sollte man so ein Risiko eingehen?

„Die Liebe ist immer ein Risiko." Bolas Stimme drang unter der Decke hervor. „Jetzt oder später, hier oder anderswo … Und immer erfordert sie Mut."

Niemand antwortete ihr, das Thema schien erschöpft zu sein. Das Gemurmel auf dem Lagerplatz wurde allmählich leiser. Nach einer Weile kam vom Fluss her ein Geräusch. Es waren Ruderschläge. Sie kamen immer näher. Ein Boot legte am Ufer an. Und wer saß darin? Rotarmisten. Sie waren zu dritt, einer im Rang eines Unteroffiziers. Sie steuerten direkt auf uns zu, offenbar hatten sie es auf uns abgesehen. Sie sagten höflich guten Abend und erklärten uns den Zweck ihres Besuchs: Sie bräuchten ein paar Frauen zum Kartoffelschälen.

Unter dem Tuch, das ihren Kopf bedeckte, meldete sich Marysia Russisches Herz:

„Kartoffeln? Her damit! Wir machen uns gleich dran."

Der Unteroffizier erklärte etwas verblüfft, dass sie die Kartoffeln doch nicht mitgebracht hätten. Wir müssten in ihr Quartier mitkommen und dort die Arbeit verrichten.

Jetzt steckte Frau Dr. P. ihren Kopf unter der Decke hervor.

„Mitten in der Nacht?", fragte sie erstaunt.

Wir kannten die Antwort bereits, bevor wir sie hörten. Die russischen Soldaten hätten nur in der Nacht ein bisschen Zeit zu essen, am Tag würden sie kämpfen. Auch dafür, dass solche wie wir nach Hause zurückkehren können.

Natürlich, versicherte Frau Dr. P., das sei klar. Sie sollten morgen früh wiederkommen, dann würden wir alle mit ihnen mitgehen. Wir würden ihnen die Kartoffeln schälen und was sie sonst noch wollen, aber erst morgen. Diese Lösung war nicht in ihrem Sinne, sie tauschten untereinander mürrische Bemerkungen aus, ihre verstohlenen Blicke wanderten zu den vermummten und in Decken gehüllten Gestalten. Also schlug Frau Dr. P. vor, dass sie andere suchen sollten, wenn sie es so eilig hätten mit dem Kartoffelschälen … Einige Meter von hier lagern Ukrainerinnen, vielleicht sogar Russinnen, zu denen sollten sie gehen, die seien nicht so erschöpft wie wir, die wir den ganzen Tag auf der Straße gestanden haben, in der Hitze und ohne Wasser. Es drängte sie aber nicht, Frau Dr. P.s Ratschlag zu befolgen. Sie versuchten, uns doch noch zu überreden, versprachen Dosenfleisch und sogar Konfekt. Schließlich bestiegen sie, nachdem sie leise miteinander gesprochen hatten, wieder das Boot. Als die Ruderschläge verklungen waren, gaben wir unsere Kommentare ab: Warum hatten sie nicht andere anwerben wollen? Hatten sie Angst, weiter auf die Insel vorzudringen? Um was für Kartoffeln es wohl gehen sollte?

„Ausgerechnet Kartoffeln!", schnaubte Halina.

„Das Konfekt ist uns entgangen", seufzte Ewa mit übertriebenem Bedauern.

„Agnisia ist immer noch nicht da." Oleńka lenkte unsere Gedanken auf die wirkliche Sorge.

Sie erschien, als der Morgen dämmerte und allmählich die Umrisse des Flussufers, der Pontonbrücke und des Lagerplatzes aus der Dunkelheit auftauchten. Sie kam nicht, um ihre Sachen zu holen. Sie kehrte zu uns zurück, so wie sie vor wenigen Wochen aus dem offenen Raum des Flughafens ins Lager zurückgekehrt war. Zum zweiten Mal bot sich ihr die Freiheit dar und sie wusste nicht, was sie damit anfangen sollte. Sie setzte sich ans Ufer, umschlang die Knie mit den Armen und sang: „Sur la route, la grande route, un jeune homme va chantant." Immer wieder dieselbe Zeile. Die besorgte Maria ging zu ihr.

„Kindchen, dich fressen die Mücken auf." Sie verscheuchte das blutsaugende Gesindel von ihrer Stirn.

Agnisia antwortete nicht, man hätte meinen können, sie höre nichts und spüre den Arm nicht, der sich um sie legte. Sie ließ sich aber hochziehen, zu unserem Wagen führen und zwischen die noch halb liegenden, in alle möglichen Lumpen gehüllten Frauen schieben. Es vergingen einige Viertelstunden, die Weiden am Rand des Flussarms, den wir heute überqueren sollten, schimmerten silbrig in der Morgendämmerung, die Lerchen fingen an zu trällern, aber Agnisia hörte nicht auf mit ihrem Gesang, der mit einem wehmütigen „ah – ah – ah, ah – ah – ah" endete. Und plötzlich, ohne dass wir sie darauf angesprochen oder danach gefragt hatten, fing sie an, von den Franzosen zu erzählen. Sie waren Zwangsarbeiter auf einem großen Gut eines ostpreußischen Adligen gewesen. Es war ihnen nicht schlecht gegangen, sie hatten wie in Abrahams Schoß gelebt und auf das Ende des Krieges gewartet. Wenn die Befreiung vom Westen gekommen wäre, wäre alles anders geworden. Vielleicht wären dann sogar einige von ihnen bei diesem Grafen geblieben, arbeiten müsse man überall, im eigenen Land oder im fremden, egal, wichtig sei, was man dafür bekomme. Nun, die Rote Armee sei schneller gewesen. Vor deren Einmarsch habe die gräfliche Familie Teppiche, Silber und Pelze auf mehrere Wagen gepackt und sei eilig der flüchtenden Wehrmacht gefolgt. Sie seien eine Zeit lang mit ihnen mitgefahren, hätten kutschiert und sich um die Pferde und Wagen gekümmert, bis die Front ihnen den Weg abgeschnitten habe. Dann hätten sie sich voneinander getrennt. Der Graf habe ihnen sogar etwas Marschverpflegung und Wünsche für eine glückliche Heimkehr mitgegeben. Sie kehrten also nun nach Hause zurück. Aus der Unwirklichkeit, in die sie der Krieg geworfen habe, in ein richtiges, nämlich unabhängiges Leben. Sie hätten sie überreden wollen, mit ihnen mitzukommen, aber sie wisse nicht … Sie sei zu uns zurückgekehrt, nur weil sie nicht wisse, was sie machen soll. Sie sei nicht fähig, sich zu entscheiden, sie habe keinen Mut, sie habe Angst, vor allem habe sie Angst. Vor der Freiheit mit den Franzosen genauso wie vor unserer Freiheit. Sie monologisierte, ohne unsere gelegentlichen Einwürfe zu beachten, sie sprach mit sich selbst, stellte sich selbst Fragen und beantwortete sie: Warum diese Franzosen der Meinung sind, dass es ihnen bei ihren Ostpreußen gut gegangen sei, ob es überhaupt jemandem bei den Deutschen gut gehen könne, und wenn ja, warum es uns dann nicht gut gegangen ist. Gaston, ihr Gaston, habe solche Märchen nicht erzählt, das sei ein richtiger Franzose … Sie brach ab, um gleich darauf wieder das Lied von der großen Straße zu singen.

Eine immer größere Besorgnis zeichnete sich auf Marias Gesicht ab, aber mit einer Handbewegung bedeutete sie uns zu schweigen. Der Gesang dauerte eine Zeit lang an, das eine, immer gleiche Motiv, und verstummte plötzlich. Agnisia schob den Ärmel vom Handgelenk zurück.

„Bis sechs Uhr sind es noch drei Stunden", seufzte sie.

„Du hast eine Uhr?", wunderte sich Maria.

„Die habe ich von meinen Franzosen bekommen." Agnisias Blick wurde wach und nahm einen listigen Ausdruck an. „Als Pfand, damit ich mich noch mal zeige, wenigstens um mich zu verabschieden und einen Brief für Gaston mitzugeben."

„Worauf willst du denn den Brief schreiben?", fragte Maria.

Agnisia zuckte mit den Achseln.

„Also, was nun? Gehst du mit ihnen mit?"

Sie schüttelte den Kopf.

„Aber du gehst hin, um dich zu verabschieden? Du bringst das Pfand zurück?"

Einen Moment lang herrschte Schweigen und dann kam die schnelle und entschiedene Antwort:

„Muss ich nicht. Wenn ich nicht zurückkomme, soll ich die Uhr als Erinnerung behalten, als ‚Souvenir'. Das haben sie zu mir gesagt. Denn die Uhr ist erbeutet. Gestohlen aus den Schätzen des Grafen." Ihr Lächeln wurde noch durchtriebener.

„Klau dir das Geklaute, aha", bemerkte Teresa.

Die Morgendämmerung ging in den Tagesanbruch über, aber auf dem Lagerplatz blieb es ruhig. Erst jetzt konnten all die heimkehrenden Menschen etwas Schlaf finden, die Sonne vertrieb die feuchte Kälte und ließ die Mückenschwärme ins Gras und ins Gebüsch wandern.

„Bis sechs Uhr ändert sie ihre Meinung und geht mit ihnen mit", sagte Oleńka abfällig.

„Warum auch nicht? Das kann die eine, die einzige Chance für ihr Glück sein." Bola verstand wie keine andere Agnisias Dilemma.

„Ja, bestimmt! Ziuta und Hélène sind nach Frankreich gegangen, diese Deutsche aus Łódź hat sich auf die andere Seite der Oder geschlagen, warum sollte Agnisia das nicht gelingen?" Diese zweideutige Bemerkung äußerte Ewa.

Agnisia hörte die Kommentare nicht. Sie saß mit erhobener Hand da, starrte auf das Zifferblatt und sang das Lied von der großen Straße, leise, immer leiser …

*

Zuerst durften die, die Richtung Osten wollten, den Fluss überqueren. Und vielleicht gab allein das den Ausschlag dafür, dass Agnisia mit uns mitging. Sie sah sich noch einmal um, bevor sie die Brücke betrat, aber sie blieb nicht stehen und zögerte nicht. Man hätte meinen können, dass in ihrem Kopf nie der Gedanke an die entgegengesetzte Richtung gewesen wäre. Unser Gefolge mit dem Pferd, das herausfordernd seine Mähne schüttelte, zog die Aufmerksamkeit auf sich, die Soldaten, die den Verkehr regelten, riefen uns hier und da etwas Nettes zu. Die Hufe klapperten auf der Brücke und es vergingen keine fünf Minuten und wir waren auf der anderen Seite der Oder. In Polen. Wirklich? Warum standen an der Grenze keine polnischen Soldaten?

Wir sahen erst welche, nachdem wir einige Kilometer zurückgelegt hatten. Und die Vorstellung von dieser Begegnung, die uns während der Kriegsjahre begleitet hatte, brach in sich zusammen. Es waren Offiziere. Ihre abgetragenen und zerknitterten Uniformen aber machten das Bild von der Polnischen Armee, wie wir es aus der Zeit vor dem Krieg kannten, zunichte, und zwar nicht nur das Bild des Militärs bei den Paraden, sondern auch das von den Soldaten während der Manöver, glatt rasiert und mit blank polierten Stiefeln. Die aber hier … So also sahen die Sieger aus? Und der Adler auf ihren Mützen … Wir blickten ihn an, wir starrten ihn an und konnten nicht begreifen, was ihn so anders machte, was ihm fehlte. Aber dann … Der polnische Adler ohne die Krone? Entthront? Wie das? Uns betrübten diese Fragen, die wir nicht aussprachen. Warum sahen die Sieger so gar nicht nach Triumph aus? In ihren Augen war kein Funken Freude zu entdecken, nur Erschöpfung. Und eine Art Stumpfheit. Wir blieben dennoch stehen, um sie zu betrachten, bereit, trotz des ersten Eindrucks und unseres unterschwelligen Unbehagens, ihnen die Ehre zu erweisen. Ihr Verhalten ermutigte uns jedoch nicht dazu, sie fragten noch nicht einmal, was bisher alle gefragt hatten, nämlich, woher wir kommen. Es interessierte sie aber das Pferd. Ob wir es gestohlen hätten? Und was wir mit ihm machen wollten?

„Es wird pflügen, eggen und säen", erwiderte schnell einer unserer meist schweigenden Weggefährten.

„Wo? Haben Sie einen Bauernhof? Sie sehen nicht aus, als ob Sie vom Dorf kommen."

„Doch." Der so barsch angesprochene Lehrer trat ein paar Schritte zurück.

„Sie zählen doch wohl nicht darauf, dass Sie das Pferd in einen Waggon verfrachten können? Die Züge sind überfüllt, die Leute sitzen sogar auf den Dächern."

„Züge? Fahren tatsächlich schon Züge?"

„Ja, die Bahnstation ist etwa vierzig Kilometer von hier."

„Und wohin fahren die Züge?"

„Nach Poznań. Und von dort, wohin man will."

Plötzlich waren wir alle sehr aufgeregt. Vorwärtskommen! Schneller als bisher! Janka brach in Tränen aus. Nach Poznań! Vielleicht würde sie schon morgen zu Hause sein?

Die Soldaten versuchten, uns zu beruhigen. Auch wenn wir es vor dem Abend dorthin schaffen sollten, sei es sowieso nicht sicher, ob heute ein Zug gehen werde. Es gebe ja noch keinen Fahrplan, so weit sei es noch nicht. Und das Übernachten auf dem Bahnhof sei nicht angenehm und auch nicht ganz ungefährlich. Der Offizier musterte unseren Haufen und warf Walunia, die ihren Blick auf ihn geheftet hatte, ein leichtes Lächeln zu.

„Wie alt bist du?", fragte er.

„Sechzehn."

„Na eben", sagte er.

Er salutierte zum Abschied. Der Fahrer ließ den Motor an. Da stürzte Halina zu dem Jeep.

„Kommt einer der Herren vielleicht aus Białystok?" Sie frage, denn möglicherweise sei einer von ihnen ihrem Bruder begegnet. Im Jahr 1940 sei er zusammen mit den Eltern nach Russland gebracht worden. Vielleicht ist er zur Armee gegangen?

Sie verneinten. Keiner von ihnen sei aus Białystok. Aber sie hätten Leute aus Białystok getroffen. Sie solle unter den Soldaten nachfragen, vielleicht finde sie ihren Bruder. Der Offizier gab dem Fahrer ein Zeichen, er möge losfahren, obwohl Halina noch sagte, sie habe Nachricht erhalten über den Bruder und die Eltern von irgendwo in der Nähe der chinesischen Grenze … Er erwiderte nichts mehr und trieb indessen den Chauffeur zur Eile an.

„Fahrt mit Gott, ihr Herren!", rief Halina ihnen nach.
Wir hörten keine Antwort. Vielleicht gab es keine?

*

Es gelang uns nicht, an diesem Tag bis zur Bahnstrecke zu kommen.
Die Ortschaft, die wir uns für die Rast ausgesucht hatten, hieß Bär-
felde, auch wenn es dort keine Bären auf den Feldern gab. Die Einwohner schienen verängstigter zu sein als die Deutschen jenseits der
Oder. Auf dem Bauernhof, auf dem wir um Erlaubnis baten, in der
Scheune übernachten zu dürfen, wurde uns das Haus angeboten
und ein Bett, allerdings ohne Bettwäsche, die war angeblich schon
geplündert worden. Nur drei von uns konnten diesem Komfort
nicht widerstehen.

„Warum sollte ich mich genieren? Sie haben sich auch nicht ge-
niert, uns aus den Häusern und Wohnungen zu werfen."

Die Bauersleute hatten schon unangenehmere Übernachtungs-
gäste gehabt. Das deuteten sie vorsichtig an, aber nicht in dem Maße,
dass man hätte denken können, das seien brutale, zu allem ent-
schlossene Plünderer gewesen. Die Nummern auf unseren Armen
betrachteten sie ungläubig. Sie behaupteten nicht, dass sie nichts von
den Konzentrationslagern gehört hätten, aber sie hätten keine Ah-
nung, dass es so schlimm gewesen sei. Man hat Menschen mit Nummern gekennzeichnet, so wie Vieh? Das schockierte sie wirklich. Von
den Gaskammern hatten sie natürlich nichts gewusst. Was im Übrigen nicht heißen musste, dass sie nichts davon hatten wissen wollen.
Nicht in allen Lagern wurden Menschen auf diese Weise getötet und
Auschwitz war zu weit weg, als dass Nachrichten von dort bis hierher hätten dringen können. Frau Dr. P. versuchte, ihnen zu erklären,
worin der Unterschied zwischen einem „normalen" Konzentrationslager und einem Vernichtungslager bestand. Sie hörten ergeben zu, aber in ihren Augen war eine immer größer werdende
Fassungslosigkeit zu erkennen: Sie konnten es einfach nicht glauben.

Die erste Nacht in Polen. Noch nicht zu Hause, aber sozusagen
schon an der Schwelle. Wo aber war die Freude, genährt durch die
immer berechtigter werdende Hoffnung, dass in ein, zwei Tagen
unter dem Druck der Hand die vertraute Gartenpforte quietschend
aufgehen und dann die Haustür sich öffnen würde, so wie es einem

im Traum oft erschienen war? Diese Nacht auf dem Strohlager war ähnlich wie die anderen Nächte davor. Bloß, dass uns die Angst vor dem Erscheinen ungebetener Gäste vielleicht weniger zusetzte.

„Spürst du, dass hier schon Polen ist?", fragte Jadzia ihre Schwester Maria.

„Nein, eigentlich nicht." Eher als Marias Worte drückte der Klang ihrer Stimme Unsicherheit aus.

Aus tiefem Schlaf rissen uns diesmal nicht nächtliche Besucher, sondern Fliegen – ein Zeichen dafür, dass nun wohl die Normalität begonnen hatte. Als wir uns auf den Weg machten, erschienen unsere Gastgeber. Sie waren erstaunt, dass wir nicht blieben. Hier hätten sich schon einige Polen angesiedelt. Nein, nicht die aus den Konzentrationslagern oder von der Zwangsarbeit. Die seien aus Polen gekommen. Alle herrenlosen Häuser seien schon besetzt oder zumindest völlig ausgeplündert worden. Und Leuten wie ihnen mache man Angst. Man habe ihnen gesagt, dass sie freiwillig auf die andere Seite der Oder gehen sollten, denn sie würden ohnehin früher oder später von hier verschwinden müssen. Ob das stimmen könne? Sei es rechtens, Menschen von ihrem väterlichen Anwesen zu vertreiben?

Frau Dr. P. versuchte nicht, ihre Sorgen zu zerstreuen. Eine Person, die aus dem Konzentrationslager zurückkehre, könne wohl schwerlich die Entscheidungen der Politiker kennen. Was aber diese Polen angehe, die sich hier angesiedelt hätten ... Vielleicht hatten die ihre Häuser in Polen verloren? Die Deutschen erwiderten nichts mehr. Sie gingen mit gesenkten Köpfen weg. Sie hatten bestimmt einen Schreck bekommen, weil Janka aufgetaucht war, die hatte nämlich gestern, bevor sie sich in ihrem Ehebett schlafen legte, mit der Erzählung darüber aufgewartet, wie sie in einer düsteren Nacht des Jahres 1940 zusammen mit ihrer Familie aus der Wohnung geworfen, zu einem Güterzug getrieben und ins Generalgouvernement „umgesiedelt" worden war – wie es in den deutschen Bekanntmachungen harmlos hieß. Wahrscheinlich wollten sie das lieber nicht noch einmal hören.

*

Ein Militärlaster raste vorbei und bremste dann scharf einige Meter vor uns. Aus der Fahrerkabine sprang ein schnurrbärtiger Feldwebel.

„Wohin marschiert ihr denn, ihr Frauen?", fragte er in einem komischen Singsang. Er ging zu unserem Pferd und klopfte ihm den Hals. „Oh, das ist aber ein hübsches Stück!"

„Wohin wohl? Nach Hause."

„Und wo ist das?"

„Unterschiedlich. Es gibt so viele Zuhause wie Frauen hier."

„Und der Gaul, wohin gehört der?" Er fing an, die Fesseln des Pferdes abzutasten, dann sah er sich die Zähne an. „Wem gehört der? Euch allen?"

Zum ersten Mal stellte sich uns diese Frage. Unsere Blicke wanderten zu Teresa. Der Feldwebel verstand und lächelte sie an. Zwischen den Schneidezähnen hatte er eine große Lücke und sein Lächeln war nicht sehr ansprechend.

„Fräulein, Sie haben bestimmt keinen Platz für das Pferd!", fuhr er in seinem Singsang fort.

„Auch wenn ich keinen Platz habe, dann gebe ich es eben jemandem, der Platz hat", antwortete Teresa schlagfertig.

Der Feldwebel schüttelte mitleidig den Kopf.

„Aus dem Traum wird nichts. Sie bringen das Pferd nicht bis nach Hause. Unterwegs werden sie es beschlagnahmen."

„Wer wird es beschlagnahmen?" Marta mischte sich in das Gespräch ein. „Die Russen haben das nicht gemacht, wer sollte das also hier in Polen tun? Und mit welchem Recht?"

Die übrigen Soldaten blickten zu Boden und der Feldwebel schlug einen belehrenden Ton an:

„Mit dem Recht, mein Fräulein, dass einem Siedler alles nützt, was zieht, und auch alles, was Räder hat, die sich drehen."

„Einem Siedler?!"

„Was haben Sie denn gedacht? Die Deutschen gehen von hier weg, die Erde aber bleibt da. Die muss gepflügt und besät werden. Und wie soll das gemacht werden, wenn nicht mit Maschinen, aber es gibt weit und breit noch nicht einmal ein Pferd." Wieder grinste er Teresa an. „Vielleicht wollen Sie hier Ihr Glück versuchen und sich niederlassen. Mit diesem Klepper würden Sie auch gleich einen Heiratskandidaten finden. Ich selbst wäre nicht abgeneigt. Bleiben Sie? Dann halte ich sofort um Ihre Hand an." Er zog das Schiffchen vom Kopf und verbeugte sich übertrieben tief.

Es sah aus, als würde er niederknien. Teresa wich zurück und die Soldaten brachen in Gelächter aus. Einen neuerlichen Heiratsantrag verhinderte Frau Dr. P., indem sie fragte, ob es stimme, dass schon Züge nach Poznań fahren. Sie bestätigten das eilfertig, einer nach dem anderen. Sie könnten uns sogar bis zur Bahnstation bringen, das seien von hier etwa zwanzig Kilometer. Natürlich ohne das Pferd. Wir könnten es doch nicht in den Waggon mitnehmen, da müsste schon ein Wunder geschehen.

„Dann ist es vielleicht besser, wenn wir zu Fuß gehen, so wie bisher." Teresa wollte sich nicht von der Vorstellung verabschieden, hoch zu Ross vor ihrem Haus in Radom vorzureiten.

Aber ihre Meinung wurde überhört. Wir berieten uns fieberhaft und die Mehrheit sprach sich für die Eisenbahn aus. Die letzten Zweifel beseitigten unsere beiden Wagenlenker, indem sie verkündeten, dass sie nicht weiter mit uns mitgehen würden. Sie dankten für die Gesellschaft und entschuldigten sich dafür, falls uns etwas nicht gepasst habe, sie wünschten uns Glück, Erfolg und gute Ehemänner. Während sie sprachen, kramten sie eilig in den Sachen, um von unten aus dem Wagen ihre Säcke herauszuholen. Als sei das ein Signal, fingen wir alle an dasselbe zu tun. Bereitwillig halfen uns die Soldaten, auf den Lastwagen zu klettern. Jadzia baten sie in die Fahrerkabine. Unten stand noch Teresa. Mit Tränen in den Augen streichelte sie das Maul des Pferdes. Der schnurrbärtige Feldwebel tröstete sie:

„Ein Pferd ist doch kein Verlobter, das ist doch nur ein Tier. Wir Siedler tun ihm nichts zuleide. Es wird so arbeiten wie wir. Damit diese Erde unsere wird."

Als sich Teresa schließlich auf der Ladefläche des Lasters befand, sagte er etwas zu einem der Soldaten. Der ergriff die Zügel, schnalzte mit der Zunge, wendete das Pferd und führte es in die Richtung, aus der wir gekommen waren. Als es sich in Gang setzte, drehte das Tier seinen Kopf zu uns um. Etwa um uns Lebewohl zu sagen? Oder spürte es die fremde Hand und hielt Ausschau nach dem bisherigen Kutscher? Etwas Melancholisches war in diesem Abschied. Der lange Weg ging allmählich zu Ende. Und es lag ein anderer vor uns. Wie aber würde der sein?

Wie schnell man den Raum mit einem Transportmittel überwindet, das nicht von Stroh und Gras angetrieben wird, auch wenn es noch lauter klapperte als jenes! Nach einer halben Stunde Fahrt befanden wir uns an der Bahnstation. Die Soldaten halfen beim Ausladen und einer von ihnen, ein kindlich aussehender Korporal mit leuchtend blauen Augen, wartete den Moment ab, in dem keiner seiner Kameraden in der Nähe war, und sagte zu Maria:

„Heute fährt vielleicht kein Zug mehr. Wenn Sie auf der Bahnstation übernachten müssen, dann müssen Sie in der Nacht auf der Hut sein, die Russen klauen Sachen, zerren Frauen raus und … Sie wissen schon …"

„Wie das denn? Hier? Das ist doch angeblich schon Polen!" Maria war irritiert.

„Für die ist das immer noch Deutschland, aber auch in Polen … Was ich da alles gesehen habe!" Er brach ab, als er den Feldwebel erblickte. „Ich habe nichts gesagt, bitte!"

Die kleine Bahnstation bot ein noch schlimmeres Bild als der Lagerplatz auf der Oderinsel. Mehrere hundert Personen bevölkerten den Warteraum oder biwakierten draußen. Die kampierenden Menschen besetzten seit gestern die Bahnsteigkante, um sich beim Sturm auf die Waggons in vorderster Front zu befinden. Ein übler Gestank verpestete die Luft, zu dem einzigen Klo trieb es niemanden hin, die Notdurft wurde auf der anderen Seite der Gleise verrichtet, wobei man sich nicht allzu weit entfernen durfte, um nicht die Ankunft des Zuges zu verpassen. Während der Suche nach einem freien Plätzchen löste sich unsere Gruppe auf. Das geschah irgendwann, quasi unbemerkt. Auf eigene Faust versuchte jede, eine Lücke in der geschlossenen Reihe der Wartenden zu finden, überzeugt davon, dass ihr das einzeln leichter gelingen werde. Wo war nun unsere Verbundenheit, die wir so oft auf dieser langen Wegstrecke gespürt hatten? War sie nur aus Einsicht in die Notwendigkeit entstanden?

„Und Elżunia ist auch einfach so weg von uns, ohne ein Wort?", sagte Maria mit einer Spur von Enttäuschung in der Stimme.

„Na und? Sie ist immer beim Wagen geblieben, so wie die anderen. Der Wagen ist weg und da ist auch Elżunia weg", entgegnete Marta.

Wir fanden ein freies Fleckchen Erde an der Wand eines Lagerschuppens. Nicht unter uns waren: Marysia Russisches Herz, Halina, Bola, Elżunia, Oleńka und Danka. Die Gruppe aus Radom – Maria, Jadzia, Marta, Frau Dr. P. und Teresa – war geblieben, ebenso Agnisia, Janka, Ewa, Walunia, Wacka und ich. Es begann die Qual der träge dahinfließenden Stunden, des ungeduldigen Lauschens, ob nicht das Pfeifen der Dampflok zu hören sei, der wachsenden Unruhe, die durch Gerüchte verursacht wurde, dass in der Nacht aus den umliegenden Wäldern bewaffnete Banden der Hitlerjugend auftauchen und die Wehrlosen ermorden. Außerdem hatten wir Durst, aber die Wasserleitung an der Bahnstation war kaputt.

Am späten Nachmittag kamen Tankwagen mit Wasser. Ein Aufruhr entstand. Zum Glück hatten die Soldaten offenbar Übung darin, ein derartiges Chaos in den Griff zu bekommen. Sie manövrierten ein-, zweimal hin und her, so als ob sie wieder wegfahren wollten, und die Menge, jahrelang durch verschiedene Methoden gedrillt, stellte sich gehorsam in einer Reihe auf. Als Blechnäpfe, Flaschen und alles, was sich dazu eignete, mit Wasser gefüllt worden war, kletterte einer in Zivil auf einen der Tankwagen und hielt, nachdem er sich als Bürgermeister des Städtchens vorgestellt hatte, folgende Ansprache:

„Ihr seid in Polen, unter Aufsicht der polnischen Behörden. Der Zug kommt in zwei Stunden und vielleicht kann er alle mitnehmen. Nicht drängeln, nicht schieben, nicht drücken! Und nicht auf die Trittstufen setzen, denn die können abreißen. Es ist an dieser Bahnstation schon passiert, dass Menschen, die den Krieg, die Bombardierungen und das Konzentrationslager überlebt haben, unter die Räder gekommen sind. Und noch eine wichtige Sache, die ihr euch überlegen solltet: Nicht alle müssen unbedingt heute abfahren. Es gibt bestimmt unter euch welche, deren Haus in Warschau in Schutt und Asche liegt oder jenseits des Bugs steht. In unserer Stadt kann man Wohnungen finden, man bekommt auch finanzielle Unterstützung, wenn man sich hier ansiedelt. Es lohnt sich, ein, zwei Tage zu bleiben, sich umzuschauen und sich ein Zuhause zu suchen. Wer sich dazu entscheidet, soll sich beim Repatriierungsamt melden. Der bekommt dann Lebensmittelkarten und etwas Geld."

Die Tankwagen fuhren wieder weg und ein Trupp Soldaten rückte auf der Bahnstation ein. Sie schlenderten auf und ab, trieben an den Gleisen diejenigen zusammen, die sich auf die andere Seite begeben wollten, um einen abgelegenen Ort zu suchen, sie quatschten die Mädchen an. Einer schwänzelte um Walunia herum. Das war jener Korporal mit den auffallend blauen Augen. Er würde gerne wissen, woher in diesem müden Haufen so ein frisches Blümchen komme. Er war ergriffen, ja sogar erschüttert, als ihm das „Blümchen" sagte, woher es kam. Auschwitz? Dort waren auch Kinder? Das hatte er nicht gewusst. Er sei vor kurzem in Stutthof gewesen. Schrecklich sei das gewesen, aber Auschwitz war angeblich von allen Konzentrationslagern das schlimmste. Und sie ist dort gewesen? Und hat dort die Eltern verloren? Und auch den Bruder? Armes Gänseblümchen. Das heißt, sie ist allein, ganz allein und hat niemanden, zu dem sie zurückkehren könnte? Eine Frage folgte der anderen, Walunia kam mit den Antworten gar nicht hinterher. Also schlug der Soldat mit den schönen blauen Augen vor, dass sie ihn auf seiner Patrouille hier begleiten solle, sie könnten dann in Ruhe miteinander reden, sie könnte ihm von dem erzählen, was er nur aus dem Radio und den Zeitungen weiß. Und Walunia, die sich bisher beim Anblick einer Uniform immer hinter unseren Rücken versteckt hatte, begleitete den Soldaten. Wir sahen, wie sie auf dem Bahnsteig hin- und hergingen, sich lebhaft unterhielten und oft laut lachten.

„Ich kann mich nicht erinnern, Walunia je so lachen gesehen zu haben", sagte Wacka.

„Ich auch nicht", stimmte Agnisia ihr zu.

Die Sonne versank am Horizont und der Himmel nahm eine violette Färbung an, als Walunia zurückkam. Ohne den Gefährten, aber dafür mit einer Neuigkeit. Und mit was für einer! Der Zug werde in einer halben Stunde eintreffen, das habe der Stationsvorsteher dem Korporal gesagt. Er werde uns helfen, in einen Waggon zu gelangen, wir müssten uns nur von hier auf den Bahnsteig begeben. Sie nahm ihren Rucksack und mit den Worten „Mir nach!" entfernte sie sich, ohne darauf zu warten, dass wir unseren Kram zusammenrafften. Vergeblich hielten wir später nach ihr Ausschau. Ohne die Hoffnung aufzugeben, dass auch sie nach uns suchen würde, drängten wir uns durch die Menge. Das Warten war schier unerträglich, die Spannung entlud sich im Ärger über Walunias Unzuverlässigkeit. Wo steckte sie bloß? Wie konnte sie einfach so verschwinden? Vielleicht war das mit dem Zug nur ein Bluff. Wie naiv waren wir gewesen, dass wir das Pferd abgegeben hatten!

„Ruhe", zischte Maria, „ich höre was."

Tatsächlich, es war ein Dröhnen zu vernehmen, dumpf wie das Grollen eines fernen Gewitters. Ein Mann sprang auf die Gleise, kniete nieder und legte das Ohr auf die Schiene, so wie er es wohl aus Abenteuerromanen kannte.

„Er koooommt!", schrie er mit einer Stimme, die wie die Trompete des Erzengels klang.

Der Lärm verstummte sofort, die Menge hielt den Atem an. In der Stille war das Vogelgezwitscher zu hören. Und plötzlich ein Pfiff, triumphierend, resolut. Als Antwort darauf ertönte ein lang gezogenes „Aaaah", ein großer, kollektiver Ausdruck der Erleichterung – das Unglaubliche war wahr geworden. Nach einer Weile erschien die ständig pfeifende Lokomotive, sie zog eine Reihe von Güterwagen. Sie wurde vor unseren Augen allmählich größer, näherte sich langsam, dann immer langsamer und blieb schließlich, als ob ihr die Kräfte versagten, einige Meter von uns entfernt stehen. Es entstand ein Gedränge, Schreie und Flüche waren zu hören, dazwischen Bittrufe an Gott, Jesus und Maria. Bevor wir auf den ersten Waggon zustürzen konnten, war der schon voll. Ebenso der zweite, der dritte und der letzte. Bei einem waren schon die Trittstufen abgerissen, und diejenigen, unter denen sie abgebrochen waren, saßen völlig verzweifelt auf dem Bahnsteig. Aus anderen Waggons holten die Soldaten Leute heraus oder pferchten welche hinein, um die Schiebetüren schließen zu können. Der mit den blauen Augen war nicht unter ihnen. Und Walunia auch nicht.

Während wir in der Hoffnung auf ein Wunder weiter an den Waggons hin- und herliefen, bemerkten wir nicht, dass die Dampflok umrangiert wurde. Und dann fuhr der Zug ab – ohne uns. Vielleicht hatten es einige von uns geschafft einzusteigen? Dieser eigentlich erfreuliche Gedanke versetzte einem dennoch einen kleinen Stich. So konnte doch die jahrelange Verbundenheit nicht enden. Ewa erinnerte uns an jene Nacht – sie war noch gar nicht lange her –, in der wir Walunia beschützt hatten, ohne an die Gefahr zu denken, der wir uns selbst dabei aussetzten. Würden die nächsten Abschiede genauso sein? Ein floskelhaftes „Viel Glück!", aus der Ferne zugeworfen? Hatten wir uns nicht mehr zu sagen, wir, die wir Leid und Brot miteinander geteilt hatten? Nur Marta war der Meinung, dass das normal sei. Was hatte es schon zu bedeuten, dass man in der gleichen Baracke gehaust und auf der gleichen Pritsche geschlafen hatte? Das war uns aufgezwungen worden und durfte zusammen mit diesem Zwang aufhören. Wir waren in die Normalität zurückgekehrt und die war für jede von uns eine andere. Was verband schon die Tochter eines Juweliers mit einem Mädchen vom Land, ganz zu schweigen von den anderen, von denen, über die sogar dort gesagt worden war: „Weißt du, das ist so eine …" Lucyna, eine Sängerin aus dem Orchester in Birkenau, hatte angekündigt, sie werde, wenn sie das Lager überlebe, in irgendeine Einöde siedeln, damit sie keinen Menschen mehr hören und sehen müsse. „Noch nicht einmal mich?", hatte ihre beste Freundin gefragt. „Ja, noch nicht einmal dich. Niemanden aus dem KZ." Vielleicht also hätte einen dieser wortlose oder nur von einem lakonischen „Macht's gut!" begleitete Abschied nicht verwundern sollen. Aber traurig war es doch.

Eingedenk der Warnungen besetzten wir im Wartesaal den vom Eingang am weitesten entfernten Winkel. Es passierte aber etwas zu unserem Trost: Ein Lastwagen kam – mit Brot für die Heimkehrer. Heimkehrer, dieses neue Wort, hatte eine positive Bedeutung: Brot. Der Stationsvorsteher, der sich offenbar mehrere Tage nicht rasiert hatte, teilte uns mit, dass der nächste Zug morgen früh kommen werde und es daher keinen Sinn habe, auf dem Bahnsteig zu warten. Er riet uns, wieder nach drinnen zu gehen, zusammenzurücken, die jungen Frauen in die Mitte zu nehmen und, wenn wir uns schlafen legen, den Kopf zu bedecken.

Kurz nach Einbruch der Dunkelheit erschienen die ersten vier. Das Geschlecht der Reisenden interessierte sie nicht. Sie kletterten über die nebeneinanderliegenden Menschen, ohne darauf zu achten, ob sie auf jemanden traten, und schoben den Leuten die Ärmel hoch.

„Her mit der Uhr! Dawaj!"

Ein Mann riet dem Plünderer, sich die Uhr zu nehmen, die an der Wand hing, und bekam darauf von ihm eins mit dem Gewehrkolben übergezogen.

„Wir haben euch befreit!", brüllte er.

Er schnappte sich ein Bündel, der Mann hielt es aber mit beiden Händen fest.

„Leute! Wir ergeben uns diesen Räubern nicht!", schrie er.

Als Erste reagierten die Frauen.

„Haut ab, ihr Diebe! Hier ist Polen!"

Sie sprangen reihenweise auf und stürzten sich auf den nächstbesten Soldaten. Der rief völlig überrumpelt immerzu: „He, was soll das?", und wich in Richtung Ausgang zurück. Da standen die Männer auf. Jemand feuerte sie mit dröhnender Stimme an:

„Verkloppt die Bolschewiken! Verjagt sie!"

Ohne die Hände vom Pistolenhalfter zu nehmen, bewegten sich die Räuber rückwärts auf den Ausgang zu. Es begleitete sie ein allgemeines Gelächter. Am frühen Morgen tauchten noch zwei „Befreier" an der Bahnstation auf. Sie kamen von der Bahnsteigseite, rissen einigen die Klamotten vom Kopf, standen kurz da und schauten und verschwanden dann wieder.

*

Der Zug kam morgens um neun Uhr. Es war ein Personenzug mit Waggons vom Anfang des Jahrhunderts, die Anzahl der Türen war gleich der Anzahl der Abteile und davor befand sich ein langes, durchgehendes Trittbrett. Mit einem solchen Zug war ich als Vierjährige mit meinen Eltern das erste Mal nach Częstochowa gefahren. Nun brachte mich so ein Zug ruckelnd und klappernd nach Hause, von einer Reise, von der es, wie man dachte, kein Zurück geben sollte. Als ich mir das jedoch bewusst machte, war ich nicht sonderlich ergriffen. Von einem bestimmten Moment an (aber wann war der gewesen, wann war diese Veränderung in der Wahrnehmung eingetreten?) erschien alles normal. Auch die Tatsache, dass wir nach Poznań fuhren und dass wir dabei saßen, uns unterhielten und aus dem Fenster schauten so wie gewöhnliche Reisende. Der Rausch der Freiheit hatte sich mit jedem Versuch, sie zu bewältigen, mehr und mehr verflüchtigt.

Poznań. Auf dem Bahnsteig befindet sich ein kleines Büro mit der Vertretung des Staatlichen Repatriierungsamtes. Wir bitten um Proviant für die Weiterfahrt.

„Woher kommt ihr?" Die Frau hinter dem Tisch mustert uns von oben bis unten.

„Aus einem Konzentrationslager."

„Habt ihr eine Bescheinigung?"

„Eine Bescheinigung?"

„Na, ich habe mich doch klar ausgedrückt: irgendeinen Nachweis, dass ihr wirklich aus einem Lager kommt."

„Wer hätte uns denn so eine Bescheinigung ausstellen sollen? Die Deutschen etwa?" Marta wird blass vor Ärger.

„An der Grenze hättet ihr euch beim Staatlichen Repatriierungsamt melden müssen."

„Woher hätten wir das wissen sollen? Es gab kein Staatliches Repatriierungsamt an der Grenze. Und auch keine Polen. Nur Russen."

Die Alte antwortet nicht. Es scheint, als sehe sie uns gar nicht, so teilnahmslos ist ihr Blick. Maria drängt sich vor, sie schiebt ihren Ärmel hoch und zeigt ihre Nummer.

„Vielleicht reicht Ihnen das als Nachweis?", fragt sie in ihrer ruhigen Art.

„Das ist aus einem Konzentrationslager?" Die Vertreterin des Staatlichen Repatriierungsamtes zeigt nun doch einen Funken Interesse.

„Solche Nummern wurden nur in Auschwitz eintätowiert."

„Aber ihr kommt aus Deutschland und nicht aus Auschwitz!" Die Alte meint Maria beim Lügen ertappt zu haben.

„Weil die Deutschen es geschafft haben, uns zu evakuieren, bevor die Sowjets kamen."

Eine Zeit lang sagt die Frau nichts. Sie betrachtet Maria bloß aufmerksam, dann fordert sie uns alle auf, unsere Nummern zu zeigen. Wir tun es schweigend. Wütend entblößen wir unsere Unterarme, so wie wir es immer auf Befehl der SS-Männer getan haben. Die Beamtin öffnet ihr Buch. Wir müssen unsere Namen und den Namen des Lagers angeben. Jede von uns bekommt einen halben Laib Brot, ein ziemlich großes Stück Wurst und … hundert Złoty.

„Wundert euch nicht", sagt die Frau nun in einem anderen Tonfall, „es suchen verschiedene Leute um Hilfe an, auch solche, denen sie nicht zusteht. Vor allem Plünderer."

„Plünderer? Was heißt das?" Ewas Hand, die den Erhalt der Zuteilung per Unterschrift quittiert, hält inne.

„Das sind solche, die das Hab und Gut, das die Deutschen zurückgelassen haben, stehlen. Aber das soll eigentlich für die übrig bleiben, die hierherkommen, um sich anzusiedeln, einige von ihnen tragen nur mehr das Hemd auf dem Leib, die haben alles verloren, so wie die Warschauer."

Wir nicken aufrichtig, was die Beamtin dazu ermuntert, das Thema auszuweiten:

„Es gibt noch schlimmere. Kollaborateure. Und wie soll man die von den anderen unterscheiden? So eine Nummer kann sich ja jeder aufmalen."

Die über den Quittungsschein gebeugte Janka richtet sich abrupt auf.

„Aufmalen? Dann versuchen Sie mal, das abzuwischen." Sie hält der Frau ihren Arm unter die Nase.

„Aber ich bitte Sie!" Die Alte ist erschrocken. „Ich meine damit doch nicht Sie."

Wir gehen zum ersten Mal mit einer wirklichen, nämlich finanziellen Hilfe weg, aber nicht zum ersten Mal mit Groll im Herzen. Und wir hören die Ermahnung, die uns nachgerufen wird:

„Man sagt nicht Sowjets, sondern Sowjetische Armee. Das solltet ihr euch merken."

Janka bleibt stehen und dreht sich um, aber Maria fasst sie am Ellenbogen.

„Janka, das galt mir."

Da wirft sich Janka ihr an den Hals und bricht in Tränen aus. Aber nicht vor Wut, wie man meinen könnte. Sie weint, weil sie von uns Abschied nehmen muss. Sie habe uns noch auf den Bahnsteig begleiten wollen, von dem unser Zug abfährt, aber sie habe nicht die Kraft dazu. Sie werde jetzt gehen. Nach Hause.

„Wenigstens komme ich nicht mit leeren Händen", lacht sie unter Tränen und stopft das Brot und die Wurst in ihr Bündel.

„Weine nicht", sagt Marta, „wir werden uns wiedersehen. Wir leben doch."

„Ja, wir leben", wiederholt Janka, „wir haben ..." Sie sieht sich um, lässt ihren Blick über die vorbeiziehenden Menschen schweifen und über die Gleise des ihr so vertrauten Bahnhofs, der ihr nun anders erscheint, klein und heruntergekommen. „Wir haben es geschafft. Aber Wanda, Lidia und Mila ..." Wieder hat Janka Tränen in den Augen. Dann geht sie. Bevor sie die Unterführung betritt, dreht sie sich um und winkt.

Danach läuft alles wie im Zeitraffertempo ab. Der Fahrdienstleiter informiert uns, dass der Zug in Richtung Łódź und Warschau erst in zwei Stunden kommen werde, aber wer nach Krakau wolle, könne über Katowice fahren, von dort gebe es schon regelmäßige Verbindungen nach Tarnów, Rzeszów und Przemyśl. Dieser Zug stehe auf dem Nachbargleis und werde in einer Viertelstunde abfahren. Es ist keine Zeit zu verlieren. Agnisia aus Brzesko verabschiedet sich als Erste. Sie weint. Ich nicht. Ich fühle eigentlich nichts. Ich benehme mich wie ein Automat. Und sie, die über Jahre einzigen mir nahen Wesen, ebenso. Wir sagen: „Bis bald!", wir sagen: „Ich schreibe dir", aber es ist, als würden wir uns nach einer Stunde Plaudern im Café verabschieden. Auf einmal sind wir füreinander nichts weiter als zufällige Reisegefährtinnen, die sich am Ziel mit einem floskelhaften „Auf Wiedersehen" trennen. Keine Trauer, kein Gedanke daran, ob wir uns irgendwann tatsächlich wiedersehen werden, vielleicht nur etwas Verwunderung über diese Gefühllosigkeit und ein wenig Besorgnis um sich selbst. Würde einem das bleiben? Diese Leichtigkeit, sich von etwas abzuwenden, das vor ein, zwei Tagen noch wichtig und wertvoll erschienen war? Zum Glück muss ich mich nicht schämen, die Augen der anderen bleiben ebenfalls trocken, nur Maria, die sich auf das Wiedersehen mit ihrem Sohn freut, vergießt ein paar Tränen.

„Möge Gott dich führen", sagt sie und malt mir ein Kreuzzeichen auf die Stirn.

Der Zug nach Katowice war voll, sogar auf den Trittstufen und auf dem Dach saßen Menschen. Agnisia und ich überlegten, ob wir nicht zu den Radomerinnen zurückkehren sollten, als ein Eisenbahner, der uns beobachtet hatte, uns anwies, ihm zu folgen.

„Diese Fräulein kommen aus dem Lager zurück, passt auf sie auf", sagte er zu dem Personal des Postwaggons. „Ihr müsst euch nicht bedanken, keine Ursache. Mein Sohn war in Neuengamme, er ist noch nicht zurückgekehrt. Vielleicht hilft auch ihm jemand."

Die Fahrt nach Katowice haben wir auf irgendwelchen Säcken verschlafen. Am Bahnhof – wir hatten nun Erfahrung – suchten wir die Vertretung des Staatlichen Repatriierungsamtes. Wir bekamen Proviant, aber keine hundert Złoty mehr. Nach Krakau ging es dann nicht so komfortabel. In dem Güterwagen, in dem wohl sonst Vieh transportiert wurde, denn er stank nach Mist, drängten sich Menschen mit riesigen Bündeln, wahrscheinlich gehörten sie zu jenen Plündererbanden. Zu uns waren sie freundlich, sie boten uns Wurst und selbst gebrannten Schnaps an. Um nicht trinken zu müssen, erzählten wir die Geschichte von Wanda, Lidia und Mila. Da ließen sie uns in Ruhe.

In Krakau verabschiedete ich mich von Agnisia und stieg aus. Sie fuhr mit dem Zug weiter. Die letzte Person von dort. Ich sah den entschwindenden Waggons nach. Ich war von der Vergangenheit befreit. Und ich war allein.

Am späten Abend öffnete ich die Gartenpforte zu unserem Grundstück in der Vorstadt. Unser Hund, der wachsame Hüter des Hauses, bellte nicht und lief mir auch nicht zur Begrüßung entgegen. In der Küche aber brannte Licht. Ich war am Ziel.

Teresas Bericht

Der Waggon sah merkwürdig aus, die Abteile waren durch Trennwände, die nicht ganz bis zur Decke reichten, voneinander separiert und ohne Türen. Wir hatten Sitzplätze, im Gang standen nur wenige Personen. Der Zug hielt an jeder Station. Immer mehr Reisende stiegen zu und überall lag Gepäck, sogar zwischen den Bänken. Aber wir fuhren und mit jedem Kilometer waren wir näher an Zuhause. Wir sprachen kaum miteinander. Jede von uns hing ihren Gedanken nach, malte sich den Moment aus, in dem sie an der Hausschwelle stehen würde. Ich natürlich auch. Ich dachte an meine Mutter, an meinen Bruder, an Janek. Ich konnte mir nicht vorstellen, wie er mich begrüßt, seit einem Jahr hatte ich keinen Brief mehr von ihm bekommen. Das Schlimmste wäre, dass er nicht mehr lebt, er war doch bei den Partisanen, aber das wollte ich einfach nicht glauben. Vielleicht ist er gerade bei meiner Mutter, wenn ich heimkomme? Sie hatte mir geschrieben, dass er sie manchmal besucht. Meine Träumereien wurden angeregt durch die Musik, die von irgendwo aus dem Waggon zu uns drang, ich erkannte die Melodie eines Liedes, das die Russinnen in unserem Block oft gesungen hatten.

Wir waren vielleicht zwei Stunden Fahrzeit von Radom entfernt, als an einer Bahnstation an der Tür unseres Waggons ein Tumult entstand, einige Rotarmisten drängten herein. Sie warfen die, die sich nahe am Einstieg befanden, hinaus auf den Bahnsteig, zwängten sich ins Wageninnere und vertrieben die Leute von ihren Bänken. In unser Abteil kamen vier. Sie trampelten über unser Gepäck und quetschten sich zum Fenster durch, an dem Maria und Jadzia saßen. „Wstawaj! Los, steht auf!" Martas heftiger Protest wurde von Frau Dr. P. unterbunden: „Lass, du siehst doch, dass …" Die Soldaten waren betrunken. Wir überließen Maria und Jadzia unsere Plätze und fuhren selbst, nachdem wir mit Mühe unsere Füße unter die am Boden liegenden Bündel geschoben hatten, im Stehen weiter, wobei wir uns an der Gepäckablage festklammerten, um nicht das Gleichgewicht zu verlieren. Trotzdem fielen wir, wenn der Zug an den Weichen schaukelte, einmal auf die eine und dann wieder auf die andere Sitzreihe. Die Soldaten beobachteten das vergnügt, schließlich schlug mir einer vor, mich auf seine Knie zu setzen. Ich tat so, als hätte ich ihn nicht verstanden, aber er wiederholte sein „Setz dich!" immer aufdringlicher und plötzlich zog er mich an sich, so dass ich mit meinem ganzen Körper auf ihn fiel. Ich konnte mich nicht mit den Füßen abstützen und war daher nicht imstande, mich aufzurichten, umso weniger, als er mich mit beiden Händen festhielt. Ein ekelhafter Gestank ging von ihm aus, er roch säuerlich und nach Alkohol. Als ich versuchte, mich loszureißen, spürte ich eine Hand unter meinem Kleid, wahrscheinlich von dem, der gegenüber saß. Ich fing an zu schreien und durch mein Schreien hindurch vernahm ich die wehmütig klagenden Töne einer Ziehharmonika. Marta kam mir zu Hilfe. „Lass sie los, du Rindvieh!" Sie bog seine Finger auseinander. Das gelang ihr so weit, dass ich mich befreien und ins Nachbarabteil entwischen konnte, aus dem vorher Polnisch zu hören gewesen war. Das, was ich sah, erschien mir wie eine Rettung. Auf den vorderen Plätzen saßen drei polnische Offiziere. In der gegenüberliegenden Ecke, am Fenster, den Kopf an die Wand gelehnt, schlief – oder vielleicht tat er auch nur so – ein mit Orden geschmückter sowjetischer Soldat. Ich wandte mich an die Polen und bat um Schutz für mich und meine Kameradinnen.

„Wäre es nicht besser, die Kameradinnen säßen zu Hause, anstatt sich in Zügen herumzutreiben?", murrte der eine, offenbar ein Hauptmann.

Ich erklärte, dass wir gerade im Begriff seien, nach Hause zurückzukehren, und zwar nicht von einem heimatkundlichen Ausflug und auch nicht von einer Plünderungstour, sondern aus einem Konzentrationslager. Sie fragten nicht einmal, aus welchem Konzentrationslager, sie überhörten das einfach, als ob es völlig unbedeutend sei, aber einer der Offiziere – er trug zwei Sterne – stand auf und bot mir wortlos mit einer Handbewegung seinen Platz an. Er antwortete nicht auf mein Dankeschön, er rauchte eine Zigarette und während er rauchte, starrte er mit abwesendem Blick über die Köpfe der Reisenden hinweg. Er sah gut aus und mit seinem düsteren Gesichtsausdruck und der senkrechten Falte zwischen den Augenbrauen wirkte er wie ein „Byron'scher Held". Irgendwie erinnerte er mich an Martas Bruder, Oberleutnant der Artillerie, den ich vor dem Krieg oft in der Kirche gesehen und in den ich mich wie ein Schulmädchen verliebt hatte. Unvernünftigerweise hatte ich sogar Lust, ihn zu fragen, ob er nicht aus Radom sei.

Die Weiterfahrt verlief ruhig und ich war gerade eingenickt, als plötzlich im Nachbarabteil erneut ein Lärm entstand. „Weg mit den Pfoten!", schrie Ewa. Frau Dr. P. griff mit lauter Stimme ein. In ihrem fehlerfreien Russisch sprach sie von der Schande, die solche Soldaten wie sie der Armee machen. Das stachelte sie aber eher noch an. „Das gehört alles uns. Und ihr gehört auch uns." Man brauchte keinen Übersetzer, um das zu verstehen. Ich sah die Offiziere an, ihre Gesichter waren versteinert. Also sagte ich, und dabei stotterte ich vor Aufregung, dass sie etwas unternehmen sollten, man könne doch nicht zulassen, dass die sich derart aufführen, wir hätten so oft auf dem Weg durch deutsches Gebiet die Angriffe dieser sittenlosen und gewalttätigen Soldaten abwehren müssen, in Polen, haben wir gedacht, würden wir endlich Ruhe haben, aber hier ist es genauso, genau das Gleiche! Und dann …

Das werde ich niemals vergessen, bis ans Ende meines Lebens vergesse ich die Worte und die fiese Visage dieses gotterbärmlichen Offiziers nicht, der, ohne mit der Wimper zu zucken, sich erdreistete herüberzuzischen:

„Von den Deutschen habt ihr euch das gefallen lassen, was schadet euch da noch ein weiteres Mal?"

Das sagte kein Russe, sondern ein Pole, ein polnischer Offizier. Irgendetwas brach in dem Moment in mir zusammen, irgendeine Vorstellung von polnischer Ehre, irgendein Mythos, irgendein Glaube. Ich heulte los, aber wie! Und bei diesem – beinahe schon – Heulkrampf schrie ich:

„Sie sind kein Pole! Sie sind genau so wie dieser Pöbel!"

Da öffnete der am Fenster seine Augen. Leise und durch die zusammengepressten Zähne knurrte er:

„Verschwinde! Sofort! Hau ab, du …"

Ich weiß nicht mehr, ob er dieses Wort, das bei ihnen so beliebt war, in den Mund nahm oder nicht. Jedenfalls hörte mein Schluchzen auf. Und zwar schlagartig. Als ob es im Hals stecken geblieben wäre. Oder in der Brust erstickt. Es versetzte mir buchstäblich einen Stich in die Rippen. Und wahrscheinlich bewirkte eher dieser Schmerz und weniger das innere Gebot, meine Würde zu wahren, dass ich mich langsam erhob und dem „Befreier" direkt in seine vor Wut verzerrte Fresse schaute, so lange, bis der sich abwandte, den Kopf an die Wand lehnte und die Augen schloss. Ich wollte den polnischen Offizieren noch etwas zum Abschied sagen, etwas

Beleidigendes, das sie treffen sollte, aber ich konnte nicht, es hatte mir einfach die Sprache verschlagen, ich hatte auch gar keine Zeit, gegen diese Unfähigkeit anzukämpfen, denn im Gang war ein Wirbel, die Reisenden versuchten, Ewa und die anderen, die aus dem Abteil flohen, durchzulassen. Ich eilte ihnen hinterher. Wir zwängten uns zur Tür durch mit der Absicht, an der nächsten Station auszusteigen. Die aber war weit und breit nicht zu sehen, stattdessen drangen aus dem Waggon laute Schreie auf Russisch, die Durchlass forderten. Ein Mann mit Glatze, der neben mir stand, öffnete die Tür zur Toilette.

„Rein hier! Schnell!"

Kaum hatten wir uns in die Kabine gepfercht, ertönte schon ein Hämmern an der Tür. Schimpfworte fielen und wir wurden aufgefordert, zu öffnen. Er wolle pinkeln. Der Soldat suchte Verständnis bei den Umstehenden. Jemand riet ihm freundlich in polnisch-russischem Kauderwelsch, er möge seinen Pimmel doch aus dem Fenster halten und so sein Geschäft erledigen.

„Aber da draußen sind doch Leute", wandte der Rotarmist ein.

„Na und? Die werden denken, dass es regnet!"

Der Rat wurde befolgt, vom Ausstieg her ertönten Flüche. Sie wurden begleitet von Gelächter und anzüglichen Bemerkungen.

„Soldat, pass auf! Stoß nicht an die Telegrafenmasten!"

Es wurde lustig, am lautesten lachte der Rotarmist. Bis er sich daran erinnerte, dass es nicht dieses Bedürfnis war, das ihn hierhergeführt hatte. Unterstützt von seinem Kumpanen begann er, sich gegen die Tür zu stemmen. Sie ging einen Spalt breit auf, so dass er mich, denn ich stand am nächsten, am Arm fassen konnte und herauszuziehen versuchte. Ich schrie auf vor Schmerz und aus Angst um meinen Arm, der jeden Moment zerquetscht werden konnte. Plötzlich ertönte ein Quietschen, ein Gepolter, die Stoßstangen donnerten gegeneinander und der Zug blieb mit einem schrillen Kreischen stehen.

„Partisanen!", rief jemand.

Und im gleichen Augenblick hörten wir ein russisches Kommando, der Angreifer ließ meinen Arm los. Derselbe Mann, der uns in die Toilette eingesperrt hatte, öffnete die Tür.

„Steigt aus! Schnell! Geht in einen anderen Waggon."

Wir kletterten hinaus. Da war freies Feld und ringsum keine Station. An dem Zug liefen Eisenbahner hin und her. Es stellte sich heraus, dass jemand bei uns die Notbremse gezogen hatte. Hilflos und verzweifelt standen wir da. Alles deutete darauf hin, dass wir hier zurückbleiben würden.

„He, ihr da! Ihr Frauen! Kommt rauf zu uns! Hier fährt es sich bequem. Ohne Genossen."

Das riefen junge Männer, die auf dem Waggondach saßen. Noch heute ist mir schleierhaft, wie wir uns dazu entschließen konnten. Ewa, Marta und ich, wir waren jung und einigermaßen fit, aber Frau Dr. P., Maria und besonders Jadzia mit ihrem steifen Bein … Und dennoch fanden wir uns dort auf dem Dach wieder, ich weiß, ehrlich gesagt, nicht, durch welches Wunder. Irgendwer fasste uns an der Hand, irgendwer zog uns hoch, irgendwer hielt uns fest. Ich kletterte als Letzte nach oben und dabei fiel mein Blick durch das nächstgelegene Fenster. Beinahe wäre ich wieder runtergerutscht. In einer Ecke des Abteils sah ich Wacka in den Armen eines sowjetischen Offiziers. In dem Moment wurde mir bewusst, dass wir Wacka schon in Poznań aus den Augen verloren hatten, bevor wir in den Zug einstiegen. Ich teilte Marta mit, was ich gesehen hatte: Unsere Wacka hatte sich einen „Lockenkopf" angesungen. Völlig ohne Zusammenhang antwortete sie:

„Ich bleibe nicht hier."

Es dauerte etwa eine Stunde, bis der Zug sich wieder in Bewegung setzte. Und erst da bekamen wir das Abenteuer zu spüren. Der Mensch weiß wahrlich nicht, wozu er fähig ist. Hätte ich mir je träumen lassen, dass ich auf dem Dach eines Waggons fahre, der sich in den Kurven neigt und ruckelt und wie ein Pferd bockt, das versucht, seinen Reiter abzuwerfen? Unsere Gefährten, die ganz offensichtlich an eine solche Art des Reisens gewöhnt waren, lachten über unsere Angst. „Das ist doch so wie beim Fahrradfahren. Man muss sich an die Bewegungen anpassen und in den Kurven mitgehen." Aber uns war wirklich nicht zum Lachen zumute. Festgeklammert an dem rollenden Untergrund, warteten wir auf den nächsten Halt wie auf eine Erlösung. Dass wir bloß so lange durchhielten, selbst wenn wir auf irgendeinem Feld würden übernachten müssen … Maria betete. Nach einer endlos langen Zeit kam eine Bahnstation. Das Hinunterklettern vom Dach war noch schwieriger als das Hinaufklettern. Als wir schließlich mit weichen Knien unten standen, entdeckte ich die Gruppe unserer „Befreier", sie steuerten auf das Bahnhofsgebäude zu. Hinter ihnen marschierten jene polnischen – oder vielleicht nur polnische Uniform tragenden – Offiziere. Aus dem Waggon aber sprang unser durch die Vorsehung bestimmter kahlköpfiger Beschützer.

„Steigt ein! Die Luft ist rein!", rief er. „Habt keine Angst! Wenn etwas ist, ziehen wir die Notbremse! Das ist eine Kleinigkeit für uns!"

Er bahnte uns einen Weg durch das Gedränge im Gang und in „unserem" Abteil bat er darum, uns die Plätze zu überlassen. Und die Leute folgten erstaunlicherweise ohne ein Wort des Widerspruchs. Ich wagte einen Blick zu meinen Reisegefährtinnen. Marias Gesicht hatte eine grünliche Färbung und das von Jadzia wirkte gelb. Frau Dr. P. und Marta waren kreidebleich. Ich dachte, dass ich bestimmt ähnlich aussah. Mir wurde übel. Die Frau, die neben mir saß, holte aus ihrer Tasche eine große Flasche von einer seltsamen, mir jedenfalls bis dahin nicht bekannten Form. Sie goss daraus ein wenig in einen Becher und reichte ihn mir: „Trink das, Mädchen, dann wird's dir gleich besser gehen. Das ist echter französischer Cognac." Und als sie Marias missbilligenden Blick bemerkte, fügte sie hinzu: „Was ist? Wäre es besser gewesen, das den Russen zu überlassen?" Ich trank. Und tatsächlich, nach einer Weile war die Übelkeit weg. Von dieser Zugfahrt träume ich nachts bis heute. Ich falle vom Dach und schreie.

Bis Warschau ist weiter nichts mehr passiert. Leute stiegen aus, andere stiegen ein, darunter Soldaten mit dem Sowjetstern auf der Mütze. Und dann waren wir in Warschau. Man musste es glauben, denn der Bahnhof war nicht wiederzuerkennen, obwohl er mir aus der Zeit der deutschen Besatzung eigentlich vertraut war, hier hatte ich doch anderen Meldegängern Dokumente übergeben. Aber es war ein anderer Bahnhof, der von damals existierte nicht mehr. Der Zug nach Radom sollte erst in drei Stunden gehen, vom Ostbahnhof aus. Das Geld, das wir in Poznań bekommen hatten, erwies sich als nützlich. Ein Lastwagen mit zwei aus rohen Brettern zusammengezimmerten Bänken diente als öffentliches Verkehrsmittel. Bis zum Rand voll, fuhr er los. Das, was sich meinen Augen darbot, war fürchterlich. Nichts als Ruinen. Vielleicht habe ich wirklich, wie meine Mutter immer gesagt hat, nah am Wasser gebaut, denn ich habe wieder losgeheult.

„Hör auf!", fauchte mich Marta mit einer sogar für ihre Verhältnisse ungeheuren Barschheit an. Und nachdem wir eine Zeit lang schweigend dahingefahren waren, sagte sie, eher zu sich selbst als zu den anderen: „Hier bleibe ich nicht." Ihre Stimme klang hölzern.

Am späten Nachmittag kamen wir in Radom an. Natürlich erwartete uns niemand. Wir sagten einander „Auf Wiedersehen" und gingen, jede in ihre Richtung.

„Die verborgenen Gesänge der Zukunft"
(Antoni Edward Odyniec)

Mila

Ich weiß nicht, ob sie in dem Krankenhaus in Parchim, wo wir sie zurückgelassen haben, geheilt worden ist und ihre Sehkraft wiedererlangt hat, ob sie überhaupt überlebt hat. Keine von uns erfüllte ihr die Bitte, ihrer Familie genau und wahrheitsgemäß zu erzählen, was mit ihr passiert war. Nur Marysia die Große hatte ihre Adresse, aber sie …

Marysia die Große

Sie kam nicht bis Neustadt-Glewe, von wo aus sie auf die andere Seite der Elbe gelangen wollte. Keine zwanzig Kilometer ist sie gegangen. In ihrem ersten Quartier wurde sie von mehreren sowjetischen Soldaten vergewaltigt. Die Deutschen, bei denen sie hatte übernachten wollen, brachten sie, schon fast verblutet, ins Lazarett der nächstgelegenen Garnison, dort wurde sie dann polnischen Truppen übergeben. Sie hat ihr Elternhaus nie wiedergesehen. Sie überlebte ein knappes halbes Jahr und starb in der venerologischen Abteilung eines Krankenhauses in Zentralpolen. Das schrieb mir Marta in ihrem letzten Brief, bevor sie das Land verließ.

Marysia Russisches Herz

Wir haben nie wieder etwas von ihr gehört. Ist sie nach Baranawitschy zurückgekehrt? Oder hat sie wie die meisten ihrer Landsleute eine Ersatzheimat an der Oder gefunden?

Aber wenn das der Fall gewesen wäre, hätte sie sich bestimmt bei einer der Weggefährtinnen gemeldet. Sie mochte uns und wusste, dass auch wir sie gernhatten. An der Bahnstation, wo die letzte Etappe unserer Heimkehr begann, haben wir uns aus den Augen verloren. Hat sie es geschafft, in den Zug einzusteigen, in den wir nicht mehr hineinkamen? Wohin ist Marysia damit gefahren? Marysia, genannt Russisches Herz, mit der tapferen Seele, dem losen Mundwerk und der großen, natürlichen Güte. Warum hat sie nie ein Lebenszeichen von sich gegeben?

Nach 1956, als man Kontakte knüpfte zu den Veteranen jenseits der östlichen Grenzen, fragten wir ehemalige Häftlinge, die mit Delegationen aus dem weißrussischen Minsk gekommen waren, nach ihr. Sie wollten uns helfen, einige sind sogar nach Baranawitschy gereist, um etwas in Erfahrung zu bringen. Aber es fand sich keine Spur von Marysia Russisches Herz.

Halina

Im Jahr 1945 habe ich mich ein paarmal mit ihr getroffen.

Sie hat ihren Bruder an der Oder gefunden. Er war in der Armee. Kaum zwanzig, war er schon Oberleutnant. Ihre Eltern waren in Kasachstan ums Leben gekommen. Verhungert. Der Bruder war völlig entkräftet nach Selzy an der Oka gelangt. Dort folgte er der 1. Polnischen Armee, er kämpfte an der Front und nahm teil an der Schlacht bei Lenino. Mit ehrlicher Überzeugung propagierte er die Idee des proletarischen Internationalismus und der polnisch-sowjetischen Freundschaft. Den Tod der Eltern betrachtete er als eines der unvermeidlichen Opfer auf dem Altar der Weltrevolution. Ein einziges Mal hat mich Halina mit ihm zusammen besucht. Und dabei war es geblieben. Er nannte mich eine Reaktionärin, als ich von unseren Abenteuern mit den Soldaten der Bruderarmee erzählte. Noch schlimmer bezeichnete er die, die sich dazu entschlossen hatten, auf der anderen Seite der Elbe zu bleiben. Halina widersprach nicht, sie war wohl stolz auf ihren Bruder. Und danach ist der Kontakt irgendwie abgebrochen.

Walunia

Sie ist nie von dieser Bahnstation abgefahren, von der aus die Züge die erschöpften Heimkehrer nach Hause brachten. Sie blieb bei dem Korporal mit den blauen Augen. In der Gegend von Zielona Góra übernahmen sie einen vormals deutschen Bauernhof. Der Korporal verließ die Armee. Walunias Leben verlief, auch wenn es nicht auf Rosen gebettet war, in einigermaßen geordneten Bahnen. Ihr Mann war fleißig und tüchtig und er trank nicht. Sie hat Kinder und Enkel.

Oleńka

Sie holten sie in ihrer Wohnung ab, wie damals die im Jahr 1942. Und wie jene kamen sie in der Nacht. Sie wurde der Kollaboration mit ihrem Bruder beschuldigt, der in der Heimatarmee gewesen war und nicht auftauchte. Zu der Zeit fand in Krakau der Prozess gegen das SS-Personal von Auschwitz statt. In der mehrköpfigen

Gruppe, die vor Gericht gestellt wurde, waren hohe Funktionäre, darunter auch die Oberaufseherin des Frauenlagers Maria Mandl. Die SS-Aufseherinnen saßen im gleichen Gefängnis wie Oleńka. Eines Tages wurde sie in die Zelle von Maria Mandl verlegt – die Faschistin passt zu den Faschistinnen. Sie erkannten sich natürlich, vor einem Jahr hatten sie sich täglich in der Schreibstube gesehen. Nach einem Moment der Verblüffung sagte Mandl mit dem gleichen Lächeln wie damals: „Na, Meißenpuppe, hast du nun dein Polen?"

Oleńka wurde kurz nach Stalins Tod aus dem Gefängnis entlassen. Aus der psychiatrischen Abteilung des Gefängniskrankenhauses wurde sie in eine Einrichtung für geistig Kranke gebracht. Und von da an fand ihr Leben hauptsächlich dort statt. Die Phasen der Besserung waren kurz und endeten immer mit Selbstmordversuchen. Sie hat nicht geheiratet, obwohl es jemanden gab, der sie liebte und für sie sorgen wollte. Zeitweise lebte sie mit ihrer älteren Schwester zusammen, der einzigen Person, die sie tolerierte. Ihr Bruder, dessentwegen sie zweimal ins Gefängnis gekommen war, blieb spurlos verschwunden. Oleńka mied die Menschen, insbesondere wollte sie niemanden sehen, den sie aus Auschwitz kannte. Sie starb – vielleicht durch eigene Hand – Anfang der 70er Jahre.

Elżunia

Ihre Eltern traf sie in Kalisz nicht an, ihre Wohnung hatte ein Militärarzt bezogen. Die Nachbarn informierten sie, dass der Herr Doktor zusammen mit seiner Frau Ende 1943 fortgegangen sei, wahrscheinlich ins Generalgouvernement. Sie hoffte, dass der Freund aus Starachowice, dem sie die Beschäftigung damals im Krankenhaus verdankte, etwas über ihre Eltern wissen würde. Doch ihre Hoffnung erwies sich als falsch und dieser Mann, der während der Besatzungszeit so mutig gewesen war, war jetzt von Angst erfüllt. Das Einzige, was sie in Erfahrung bringen konnte, war, dass er das letzte Mal mit ihrem Vater telefoniert hatte, als er ihn über die Verhaftung der Tochter informierte. Sie hatte keinerlei Anknüpfungspunkte, weder in Kalisz noch in Starachowice. Ein Bekannter aus Auschwitz vom Verband der ehemaligen politischen Häftlinge riet ihr, in Warschau einen Neubeginn zu versuchen, in der wiedererstehenden Hauptstadt werde sie bestimmt eine Arbeit finden und vielleicht auch irgendein Plätzchen zum Wohnen. Es zeigte sich, dass dies ein guter Ratschlag war. Sie fand eine Anstellung als Krankenschwester, begann ein Studium und bekam einen Platz im Studentenwohnheim. Nach einem Jahr schon wohnte sie in einer Dreizimmerwohnung, denn sie hatte einen Mann aus der Funktionärsschicht geheiratet. Sie engagierte sich ehrenamtlich im Verband der ehemaligen politischen Häftlinge und sie trat nicht – wie einige frühere Lagerinsassinnen – aus, als dieser Verband in den Verband der Kämpfer für Freiheit und Demokratie eingegliedert wurde.

Als das Fernsehen aufkam – damals waren ihre Kinder schon groß –, fing sie dort an zu arbeiten. Ihr Leben verlief ruhig, ja, man kann sogar sagen, glücklich. Sie hatte einen liebevollen Ehemann, wohlgeratene Kinder und eine interessante Tätigkeit. So war es bis zum Jahr 1968, als ihrem Mann, der ein hohes Amt bekleidete, vorgehalten wurde, dass seine Frau Jüdin ist. Sie geriet in Panik und wandte sich an eine befreundete Redakteurin mit der Bitte um Sendezeit: Sie wolle erzählen, wie sie die deutsche Besatzung und Auschwitz überlebt hat.

Ich habe diese Sendung gesehen. Elżunia erzählte von ihrer Arbeit in jenem Krankenhaus in Starachowice, von ihrer Verhaftung wegen Hilfeleistung für einen verletzten Partisanen und von der Zeit im Konzentrationslager, wo sie eine Nummer mit dem Buchstaben „P" trug. Sie habe mit Polinnen in einem Block gewohnt und in einem polnischen Kommando gearbeitet. Sie nannte die Fakten, mehr nicht. Sie kommentierte nicht, sie versuchte nicht, bestimmte Dinge hervorzuheben. Und dennoch wurde die Sendung, was sie nicht voraussah – denn das war nicht vorauszusehen –, in gewissen Kreisen als ein Versuch gewertet, den „polnischen Antisemitismus" zu verharmlosen, und Elżunia wurde daraufhin zusammen mit der Redakteurin zu den „Nationalistinnen" gezählt.

Ob ihr Mann seine Position in dem einflussreichen Amt behalten hat, weiß ich nicht. Und auch nicht, ob sie mit ihrer Familie in Polen geblieben oder emigriert ist. Sie erschien nicht mehr bei den Treffen der ehemaligen Auschwitz-Häftlinge, auch nicht bei Gedenkveranstaltungen. Und niemand wusste etwas über sie. Wir gingen davon aus, dass sie Polen verlassen hatte. Nur Maria konnte sich damit nicht abfinden. Kein Wunder. Denn Elżunia konnte nicht nur die sieben Todsünden aufzählen, sondern auch das Johannesevangelium auswendig hersagen und vom Lourdes-Lied kannte sie mehr Strophen als jede von uns.

Wacka

Nach der Rückkehr haben wir nichts mehr von ihr gehört, vielleicht deshalb, weil sich niemand von uns für sie interessierte. Sie hatte sich erst am Tag der Befreiung unserer Gruppe angeschlossen, in der Barackenstube in Neustadt-Glewe. Aber sie wollte keine Nähe, weder in dem Fliegerquartier noch später während unseres gemeinsamen Marsches. Ähnlich wie unsere männlichen Begleiter, die beiden Wagenlenker, war sie nur eine zufällige Weggefährtin. Sie kam in einem bestimmten Moment hinzu und ging dann wieder. Und dennoch dachte ich in den ersten Jahren nach dem Krieg oft an sie, denn im Radio wurden andauernd russische Lieder gespielt, darunter auch jenes vom „Lockenkopf". Mir blieb ein rundes Gesicht mit weichen Zügen, großen, dunklen Augen und wehendem, schwarzem Haar in Erinnerung. Und die Worte: „Aus Sibirien komm' ich, Sibirien fürcht' ich nicht …" Und die skeptische Frage von Maria, die sonst allen traute: „Woher kennt sie das?"

Bola

Ohne größere Abenteuer gelangte sie nach Rawa Mazowiecka. Sie fand ihre Eltern gesund vor, auch materiell ging es ihnen recht gut. Bolas Zimmer war in dem Zustand, in dem sie es am Tag ihrer Verhaftung verlassen hatte: Über der Stuhllehne hing ihr Rock und auf dem Tisch lag „Die verzauberte Seele", die aufgeschlagene Seite des Buches war mit einer Glaskugel beschwert. Am Tag nach ihrer Rückkehr übernahm Bola eine Tätigkeit in einem Amt, außerdem half sie ihrem Vater beim Kopieren von Noten und manchmal, auf Einladung der örtlichen Behörden, sprach sie im Haus der Kultur über das, was Auschwitz war. Ihr eigentliches Leben jedoch konzentrierte sich in den Briefen an Kolja. Sie schrieb sie, so wie man ein Tagebuch schreibt, Tag für Tag, und schickte sie nach Krasnojarsk an die Adresse, die er ihr in Schönschrift notiert hatte, damit sie diese merkwürdigen Buchstaben, diese „Stühlchen", wie sie sie nannte, abschreiben konnte. Es vergingen Monate, ohne dass sie eine Antwort erhielt, aber ihre Briefe kamen auch nicht zurück. Trotzdem wartete sie und hörte nicht auf zu schreiben. 1947 erkrankte sie an Meningitis. Vor ihrem Tod, in einem der wenigen Momente, in denen sie bei Bewusstsein war, bat sie ihren Vater, er möge Kolja sagen, dass sie gewartet habe.

Mit einer Delegation von Kriegsveteranen kam Mischa nach Polen, er hatte wie Kolja in Auschwitz in dem „russischen" Kommando im Lebensmittelmagazin gearbeitet. Als er nach Kolja gefragt wurde, zuckte er mit den Schultern. Er hatte nichts von ihm gehört.

Danka

Es ist ihr nicht schlecht ergangen. Sie war zwar keine vermögende Person mehr – das vom Feuer verschont gebliebene Miethaus in der Nowogrodzka-Straße war vom Staat konfisziert worden –, aber in der Villa in Milanówek hatte sie trotz der Einquartierung zweier Familien noch zwei Zimmer und die Halle für sich, in der sie die Küche unterbrachte. Und wenige Monate nach ihrer Heimkehr heiratete sie. Aus England war ein ehemaliger Klassenkamerad zurückgekommen, der seit der Schulzeit für sie geschwärmt hatte. Er erfuhr, dass seine Jugendliebe frei war, und taub gegen die Warnungen seiner ehemaligen Waffenbrüder erweckte er seine früheren Gefühle wieder zum Leben. Er erinnerte sich an die gesellschaftliche Stellung seiner Angebeteten und brachte ihr alle möglichen Dinge mit, die leider in der neuen Situation völlig unnütz waren. „Schau mal!" Danka breitete auf dem Sofa einen wunderschönen, seidenen Kimono aus. „Den kann ich mir nur als Dekoration an die Wand hängen. Wie soll ich mit diesen weiten Ärmeln das Geschirr spülen oder überhaupt in die Küche kommen?"

Sie hatten es nicht leicht. Der Ehemann, der aus der Zeit vor dem Krieg ein Diplom der Technischen Universität Warschau besaß, konnte keine Arbeit finden, die seinen Qualifikationen entsprach. Außerdem wurde er von einer bestimmten Behörde genau beobachtet und regelmäßig vorgeladen, wobei ihm immer wieder die gleiche Frage gestellt wurde: Warum und mit welcher Absicht er eigentlich ins Land zurückgekehrt sei? Seltsamerweise blieb es dabei, was eine Art Wunder war – andere sind ins Gefängnis gekommen. Als ihr Sohn geboren wurde, trat Dankas Mann in die Partei ein. Bald danach bot ihm seine Hochschule eine Stelle als Assistent an. Er machte schnell Karriere, dank der Partei, die großzügig gewisse Anachronismen im Bewusstsein des Herrn Magister tolerierte. Er ging nämlich in die Kirche und das Kind wurde getauft.

Danka lehrte an einer Musikschule, außerdem gab sie den Sprösslingen der örtlichen Honoratioren Französischunterricht, was recht profitabel war und – noch wichtiger – ihr ein hohes Ansehen verschaffte bei denen, die etwas zu sagen hatten. Sie führten also wohl ein glückliches Leben, wenn man den Berichten anderer Glauben schenken darf. Uns nämlich lud Danka nicht mehr ein. Vermutlich hatte sie sich über Jankas Geschwätzigkeit geärgert, denn die wollte während eines zufälligen Zusammentreffens im Theater Dankas Mann berichten, auf was für eine raffinierte Art seine Frau, diese Künstlerin, diese Dame, den betrunkenen Bolschewisten entwaffnet hatte. Nur mit Mühe konnte Danka verhindern, dass Janka die Geschichte zu Ende erzählte. Sie hielt offensichtlich gerade diese Tat nicht für sonderlich rühmlich – oder wollte sie lieber, dass es in ihrem Leben keine Szene gab, in der sie auf den Knien einem verhinderten Vergewaltiger die stinkenden Stiefel von den Füßen zog?

Nach dem Jahr 1956 erfuhr ich, dass Dankas Mann, Professor C., inzwischen aus der Partei ausgetreten war.

Agnisia

Das „kleine, weiße Haus", dessen Bild sie vor Augen hatte, wenn sie auf der Pritsche in Birkenau dieses Lied sang, war unversehrt geblieben. Lediglich die Fensterrahmen, von denen die Farbe abgeblättert war, so dass man das rohe Holz sah, und die von Flechten bedeckte Tür zeugten von der Armut seiner Bewohner. Agnisia, deren Bildung zum Zeitpunkt der Verhaftung in der „mittleren Reife" bestand, konnte den Schulbesuch nicht fortsetzen. Sie musste Geld verdienen, für sich selbst und für ihre Eltern. Aber sie lernte, mit dem Gedanken an Gaston, privat Französisch.

Die Briefe jedoch, die sie ihm schrieb, kamen mit dem Vermerk „Adressat unbekannt" zurück. Und so heiratete sie nach einem Jahr den Leiter der Buchhaltung und gab den Französischunterricht auf. Sie brachte eine Tochter zur Welt. Diejenigen, die sie trafen, waren der Meinung, sie sei wohl glücklich. Das Mädchen war ihr Ebenbild. Agnisia liebte sie überschwänglich, sie schlug ihr keinen Wunsch ab und gab all ihren Launen nach, sie zog sie mehrmals am Tag um und abends ging sie stolz mit ihr auf dem Marktplatz spazieren. Für die Erstkommunion wurde das Töchterchen derart herausgeputzt, dass ganz Brzesko nur so staunte – solche Kunstwerke aus Batist, Tüll und Spitzen hatte man hier selbst in den guten Zeiten vor dem Krieg nie gesehen. Sogar der Pfarrer drückte seine Missbilligung aus, ganz zu schweigen von den Würdenträgern der Partei. Zwar kam es vor, dass auch sie ihre Kinder taufen ließen, und einige schickten sie sogar zur Erstkommunion, aber das taten sie diskret und meistens in anderen Ortschaften. Das Zurschaustellen war zumindest ungebührlich und Agnisias Mann musste nicht nur Seitenhiebe hinnehmen. Er versuchte, sie zur Vernunft zu bringen, sie war jedoch taub gegen sein Zureden und das Töchterchen nahm weiter an allen Prozessionen teil und streute Blumen vor der Monstranz, während der Ehemann, gequält von den Rügen der Parteigenossen, seinen Kummer im Alkohol ertränkte.

Aber vielleicht hätte sich alles wieder eingerenkt, wenn nicht dieser Brief aus Frankreich gekommen wäre. Er nahm ihn vor der Gartentür vom Postboten entgegen und händigte ihn seiner Frau aus. Später verfluchte er sich dafür, dass er dem ersten Impuls nicht nachgegeben und dieses fatale Schreiben vernichtet hatte. Nachdem er es ihr überreicht hatte, konnte er nichts mehr tun, er konnte bloß zusehen, wie sie den Briefumschlag öffnete, ein in Seidenpapier gewickeltes Stück Karton herausholte, es verständnislos ansah, die beigefügte, mit großen Schriftzügen bedeckte Karte überflog und auf den Stuhl fiel wie jemand, dem die Beine versagen. Da nahm er die Fotografie in die Hand. Sie zeigte einen Mann, eine Frau und zwei Kinder. „Wer ist das?", fragte er, aber erst nach dem dritten Mal bekam er eine Antwort, es war nicht mehr als ein Achselzucken. „Was schreibt er? Was will er?" Er hob die Stimme. Wieder zuckte sie bloß mit den Achseln, öffnete die Herdtür und warf den Brief und das Foto ins Feuer. Dann kehrte sie an den Küchentisch zurück, um die restlichen Bohnen auszulesen. Erst nachts im Bett erzählte sie ihm, dass dieser Gaston ein Franzose war, den sie bei ihrer Rückkehr aus Deutschland kennen gelernt hatte. Er hatte so ein schönes Lied gesungen von der großen Straße, auf der sich Menschen treffen, sich manchmal ineinander verlieben und dann in verschiedene Richtungen auseinandergehen. Sie summte ihm, obwohl er nicht darum gebeten hatte, die Melodie vor und sang das Lied immer wieder, wobei sie seine Bitte, sie möge damit aufhören, nicht beachtete. Wütend zwang er sie mit Gewalt zum Schweigen. Und zum Beischlaf.

Später wurde nicht mehr über Gaston gesprochen, das Leben verlief in seinen gewohnten Bahnen: Büro, Haushalt und sonntags Ausflüge nach Krakau, um dem Töchterchen die dortigen Sehenswürdigkeiten zu zeigen. Und zur Abwechslung Einkäufe. Das liebte Agnisia, sie hatte gern viel, viel von allem. Eines Tages, als ihr Mann von der Arbeit zurückkam, holte sie aus der Einkaufstasche ein paar Wurstringe heraus. Er wunderte sich, denn der Kühlschrank war voll. Am nächsten Tag ereignete sich das Gleiche. Und am Tag darauf auch. Er regte sich auf und erklärte ihr, dass er nun die Einkäufe machen werde. Sie nahm das widerspruchslos hin und es herrschte Frieden. Bis ihn einmal die Leiterin der Kantine ansprach. Sie müsse mit ihm etwas bereden, etwas Unangenehmes: Seine Frau stiehlt. Sie habe sie schon seit einiger Zeit im Verdacht, aber nun habe sie sie – wie man so sagt – auf frischer Tat ertappt, als sie aus der Vitrine eine Tafel Schokolade herausgenommen habe, und zwar eine dieser großen Tafeln mit Nüssen.

Er sagte seiner Frau nichts von dem Gespräch, er begann nur, sie heimlich zu beobachten. Er konnte jedoch nichts Verdächtiges entdecken und kam allmählich zu der Ansicht, dass dieser Vorfall mit der Schokolade aufgebauscht worden war, vielleicht hatte Agnisia, die mit der Leiterin der Kantine befreundet war, gemeint, sie dürfe sich selbst bedienen. Eines Tages, es war sehr warm, nahm er, als er in den Hausflur trat, aus der Ecke, wo sie die Schuhe aufbewahrten, einen unangenehmen Geruch wahr, wie von verdorbenem Fleisch. Er riss die Türen des Schuhschranks auf und es warf ihn fast um. Dann machte er sich daran, die Kartons herauszuholen. Vergammelte Wurstwaren befanden sich darin, Zwieback, Kekse, Bonbons, Päckchen mit Kaffee und Tee, Würfelzucker, alles wild durcheinander und mit Schimmel überzogen.

Sie traf ihn vor dem Schrank an. Sie protestierte nicht, als er alles hinaus zur Mülltonne brachte, sie sagte nur: „Es heißt, es gibt Krieg." Widerstandslos ließ sie sich zum Arzt bringen und später ins Krankenhaus nach Krakau, wo sie in der psychiatrischen Abteilung untersucht wurde. Die Diagnose lautete: Kleptomanie – KZ-Syndrom. Sie wurde für arbeitsunfähig erklärt und bekam eine Kriegsinvalidenrente. Zu Hause stand sie unter der Aufsicht ihres

Mannes und ihrer Tochter. Sie starb, bevor sie fünfzig Jahre alt wurde.

Ihre Geschichte hat mir ein Cousin ihres Mannes erzählt, ebenfalls ein ehemaliger Häftling, aber aus einem sowjetischen Lager.

Frau Dr. P.

Die Einzelheiten ihres weiteren Schicksals kenne ich nicht. Maria und Jadzia, die in derselben Stadt lebten, wussten nur so viel, dass sie mit ihrer Tochter zusammenwohnte und im örtlichen Krankenhaus arbeitete. Sie hatten jedoch keinen Kontakt zu ihr, dem Verband der ehemaligen politischen Häftlinge waren sie aus Vorsicht nicht beigetreten, eine Vorsicht, die sich bald als berechtigt erweisen sollte. Als dieser Verband nämlich in den Verband der Kämpfer für Freiheit und Demokratie eingegliedert wurde, mussten sie nicht entscheiden, ob sie weiter Mitglied bleiben oder austreten sollten, was als politischer Akt gewertet werden konnte. Frau Dr. P. opponierte nicht offen gegen die neue Ordnung. Sie war eine gute Ärztin und genoss dazu Respekt allein schon durch die Tatsache, dass sie in Auschwitz gewesen war. Viele frühere Häftlinge erinnerten sich an sie – aus dem Fleckfieberblock, wo sie die von der Selektion bedrohten „Muselmänninnen" versteckt gehalten hatte. Nun konnte sie kranken Menschen helfen, ohne sich dabei selbst in Gefahr zu bringen, und das tat sie mit Hingabe. So äußerten sich ihre Patienten über sie. Auch in Ärztekreisen erfreute sie sich großer Anerkennung. Ihr Privatleben verlief ebenfalls glücklich, ihre Tochter wurde gleich beim ersten Versuch an der Universität zugelassen, schloss ein Studium ab und heiratete.

Frau Dr. P. starb in den 70er Jahren.

Ewa

Sie stand vor dem, was einst ihr Zuhause gewesen war, und obwohl sie auf dem Weg unzählige Gebäude in Schutt und Asche hatte liegen sehen, konnte sie, als sie die ausgebrannte Häuserfront in ihrer Straße und die mit blassem Himmelsblau verhangenen Fensterhöhlen sah, bis zuletzt nicht glauben, dass dieses eine, dieses einzige Haus nicht verschont geblieben war. Eine armselige Frau, die einen Kinderwagen vor sich herschob, der voll war mit aus den Trümmern hervorgeholten, verbeulten Töpfen, sagte zu ihr: „Lesen Sie das, was an der Hauswand steht, vielleicht ist da eine Nachricht für Sie." Sie besann sich und ging zur Einfahrt. Unter den Inschriften, die in den mit Ruß bedeckten Torbogen eingeritzt waren, fand sie eine Botschaft, die an sie gerichtet war: „Such uns in Łódź."

Ihre Cousine begrüßte sie mit Freudentränen und einer traurigen Mitteilung: Ewas Vater war am zweiten Tag des Aufstands erschossen worden, ihre Mutter und die Schwester seien in Lębork, wo sie eine Wohnung bekommen hätten, die früher Deutschen gehört habe. Sie solle in Łódź bleiben, wo die Universität schon in Betrieb sei.

Das tat sie umso lieber, als sich dort auch eine Arbeit fand. Die örtliche Kommission zur Untersuchung deutscher Kriegsverbrechen war zwar kein Sprungbrett, von dem sie sich hätte abstoßen können in ein vom Krieg unbelastetes Leben, aber obwohl sie verlockendere und besser bezahlte Angebote hatte, entschied sie sich doch dazu, diese Beschäftigung anzunehmen, weil sie sich ihrem Vater und all denen gegenüber verpflichtet fühlte, deren Asche die schlammige Erde der Felder rund um das Dorf Brzezinka, Birkenau, fruchtbar machte.

Die Universität in Łódź schuf günstige Bedingungen für die Studenten, die arbeiten gehen mussten: Die Lehrveranstaltungen fanden am Nachmittag statt. Ewa schloss ihr Philosophiestudium mit dem Magistertitel ab, sie heiratete und zusammen mit ihrem Ehemann zog sie nach Warschau, wo sie eine Anstellung in einem Ministerium bekam. Außerdem war sie ehrenamtlich im Verein der ehemaligen Auschwitz-Häftlinge tätig. Ihr Leben gewann an Glanz, als eine Tochter zur Welt kam, obwohl es nicht leicht war, die Pflichten der Mutter und Ehefrau mit denen des Berufs zu vereinbaren. Später sollte es noch schwieriger werden, ihr Mann wurde schwer krank. Er litt lange und starb in den 70er Jahren. Ihre Tochter beendete das Studium erfolgreich und gründete eine Familie. Die war Ewas Ein und Alles.

Ewa ist ein fröhlicher Mensch, auch wenn sie sich manchmal um die Zukunft ihrer Enkel Sorgen macht. Ihr Leben sieht sie nicht als verfehlt an und sie ist geneigt, die Erfahrungen in Auschwitz als Probe zu betrachten, als eine grausame Probe zwar, aber eine, die Sinn macht als Prüfstein für Menschlichkeit. „Ich beklage nicht, dass ich das durchmachen musste", sagt sie und fügt hinzu: „Ich darf mich gar nicht beklagen, denn ich habe überlebt."

Janka

Sie wohnte bei ihren Eltern in Wrocław. Sie konnte weder arbeiten noch studieren. Die Krankheit, die sie sich im Lager zugezogen hatte, wurde chronisch. Sie verbrachte Monate in verschiedenen Sanatorien. Von Zeit zu Zeit schrieb sie an Maria, die sie, wie viele von uns, als geistige Führerin der Gruppe betrachtete. Maria freute sich über diese Briefe. „Unsere Versorgerin", erinnerte sie sich gerührt an Jankas „Beutezüge" auf dem langen Weg der Heimkehr.

Es vergingen einige Jahre, bis sie ihre Krankheit besiegte. Sie heiratete einen ehemaligen Häftling aus Mauthausen und brachte einen Sohn zur Welt, wovon mich Maria voller Freude benachrichtigte. Mitte der 50er Jahre ließ sie sich in Warschau nieder. Ihre Anwesenheit war sofort in unseren Kreisen zu spüren. Im Gegensatz zu den meisten von uns fühlte sich Janka mit den früheren Leidensgenossinnen verbunden. Im Wohlfahrtskomitee des Vereins der ehemaligen Auschwitz-Häftlinge war sie nicht bloß eine Statistin. Ihre Ratschläge und ihre Hilfe kamen vielen zugute.

Und noch heute ist sie so, wie sie auf unserem Weg in die Freiheit war: voller Optimismus, immer zum Lachen aufgelegt, offen. Wenn wir uns treffen, sagen wir zur Begrüßung: „Hurra, wir leben noch!"

Teresa

Sie ritt nicht, so wie sie es sich erträumt hatte, auf dem Pferd vor, das wir den Russen abgeschwatzt hatten. Sie ging vielmehr inmitten der Menge normaler Reisender vom Bahnhof weg – wobei sie diese Normalität ohne Verwunderung zur Kenntnis nahm – und gelangte zu Fuß zu dem vertrauten Haus. In der Einfahrt standen – wie immer um diese Tageszeit – die Klatschbasen. Ihre Mutter entdeckte die Ankommende zuerst. Sie gab keinen Laut von sich, sie vergoss keine Träne. Sie hatte damals nicht geweint, als die Gestapo ihre Tochter mitgenommen hatte, und ihre Augen blieben auch jetzt trocken. „Ich habe gewusst, dass du zurückkommen wirst", sagte sie bloß und drückte sie an ihre Brust.

Dafür hörte sie später mit dem Fragen gar nicht mehr auf und drängte sie, von sich zu erzählen, ohne Janek auch nur mit einem einzigen Wort zu erwähnen, als ob es ihn überhaupt nie gegeben hätte. Teresa aber, die dieses Schweigen sehr wohl verstand, das

Unglück ahnte und Angst davor hatte, ihr Vorgefühl bestätigt zu bekommen, berichtete schon zum wiederholten Mal von der letzten Etappe des Marsches und von der Fahrt auf dem Dach des Waggons. Schließlich, am späten Abend, als die Mutter befand, es sei Zeit, schlafen zu gehen, brachte Teresa dann doch diese Worte hervor: „Was ist mit ihm? Lebt er nicht mehr?" Erst nach einer Weile bekam sie von ihrer Mutter eine Antwort, sie war hart – so wie der Blick dieser strengen, grauhaarigen Frau: „Für dich lebt er nicht mehr. Er hat geheiratet."

Sie vergoss keine einzige Träne, obwohl sie noch vor kurzem geweint hatte, als sie dem Soldaten das Pferd überlassen musste. Mit Erleichterung stellte sie fest, dass sie Eiskristalle in den Augen hatte. Sie sah ihre Mutter an, zum ersten Mal im Leben anders als sonst. In diesem Moment verstand sie, dass sie sie zu Unrecht manchmal der Gefühlskälte, ja sogar der Gleichgültigkeit beschuldigt hatte.

Er hatte eine Meldegängerin geheiratet, ihre Nachfolgerin. Während sie die Verhöre und Folterungen über sich ergehen lassen musste, vergnügte er sich mit ihr. Obwohl, nein, das kann damals noch nicht gewesen sein, sie hatte doch diese Briefe bekommen, die ihr halfen, die Schmerzen und die Erniedrigungen zu ertragen und nicht zuzugeben, dass sie ihn kannte. Aber vielleicht hatte er ihr nur deswegen geschrieben? Ihre Mutter erzählte ihr, wie er auf die Nachricht, sie sei nach Auschwitz gebracht worden, reagiert habe. „Besser so, die Sache ist abgeschlossen, dort werden sie sie nicht mehr verhören." Hatte er Angst um sie oder um sich selbst? Aber sie hatte doch auch im Lager Briefe von ihm bekommen, Briefe voller Liebe und mit dem Versprechen, dass er auf ihre Rückkehr warten werde. Es waren nicht viele, er konnte nur dann schreiben, wenn ihre Mutter darauf verzichtete. Aber er hatte immerzu nach ihr gefragt und gebeten, ihr Mut zu machen und ihr auszurichten, dass er an sie denke. Und ihre Mutter hatte das getan.

Die Kameraden aus der Heimatarmee behaupteten, mit der Heirat habe er eine Dankesschuld beglichen.

Nachdem die Armee der „Befreier" in Radom eingerückt war, wurde er verhaftet. Aus dem Gefängnis entlassen wurde er wahrscheinlich dank der Bürgschaft des Onkels seiner jetzigen Frau, der bereits vor dem Krieg Kommunist gewesen war. Damals das schwarze Schaf der Familie, erwies er sich nun als nützlich. Er muss ein hohes Tier gewesen sein, wenn er den Fängen der Staatssicherheit einen Offizier entreißen konnte, während dessen Untergebene hinter Gittern saßen. Janek habe dafür bezahlt, gut, dass er das nur mit der Heirat getan habe und nicht mit dem Verrat der Kameraden, sagten sie. Aber Teresas Mutter wusste es besser: Er war mit dieser Meldegängerin schon vorher zusammen gewesen.

Einige Tage nach ihrer Rückkehr kam er. Er habe kommen müssen, sagte er. Er habe sie sehen wollen, er wolle ihr erklären … Sie unterbrach ihn: „Was? Hier gibt es nichts zu erklären." Sie holte die Briefe nicht hervor, die sie im Lager immer bei sich getragen hatte, und auch bei der Evakuierung und im nächsten Lager. Sie fragte nicht, warum er ihr geschrieben hatte, obwohl er sich doch nicht mehr habe fürchten müssen, dass sie die Verhöre nicht aushalten und seinen Namen verraten würde. Auf sein „Verzeih mir!" erwiderte sie mit tauben Lippen: „Möge Gott dir verzeihen."

Sie sollte ihn nie mehr wiedersehen. Er zog mit seiner Frau nach Warschau, wo er dank der Protektion des kommunistischen Onkels eine gute Stelle fand und eine gewisse Position in der neuen gesellschaftlichen Ordnung erlangte. Sie hörte davon durch Kollegen, die sich mit ihm trafen. Angeblich fragte er manchmal sogar nach ihr.

Ein Jahr später heiratete sie, aber nicht aus Liebe. Sie brachte einen Sohn zur Welt und um seinetwillen war sie bereit, es in dieser Beziehung auszuhalten. Ihr Mann jedoch fing an zu trinken und außerhalb der Ehe Trost zu suchen. Sie ließ sich scheiden und zog mit ihrem Sohn nach Nowa Huta. Das Kombinat dort stellte Personen aller Fachrichtungen ein, sogar für eine bildende Künstlerin fand sich eine Beschäftigung und in der neu entstehenden Stadt auch eine Wohnung. Nach ein paar Jahren heiratete sie ein weiteres Mal. Ihr zweiter Mann erwies sich als ein Geschenk der Vorsehung, er liebte ihren Sohn wie einen eigenen und umgab sie mit zärtlicher Fürsorge. Er verdiente nicht schlecht, sie konnte also aufhören, Wandzeitungen zum Lob der Bestarbeiter zu entwerfen, und sich ihrer Leidenschaft widmen – der Malerei. Sie malte Dorfhütten in Obstgärten, Wiesen mit Bächen und Blumen – alles in warmen, hellen Farben. Als ihr Sohn heiratete, kam das Glück: In der Schwiegertochter fand sie eine Tochter, eine bessere als manch eigene. Und bald darauf gab es noch eine Person zum Liebhaben: einen Enkel.

So entschädigte sie das Schicksal für den Verrat, den sie erdulden musste, als sie wohlbehalten in ein freies Leben zurückkehrte. Dieser Verrat sollte sie noch einmal treffen. In den 70er Jahren erschien ein Buch, das den Radomer Grauen Reihen gewidmet war. Einer der Autoren war der Mann, für den sie fünf Monate Gefängnis und zwei Jahre Auschwitz ertragen hatte. In seinen Erinnerungen erwähnte er alle Kameraden und Kameradinnen der Gruppe, ihren Namen jedoch nannte er nicht. Teresa spricht zwar mit Bitterkeit darüber, aber auch mit einer weitherzigen Nachsicht ge-genüber der Kleingeistigkeit von Menschen, denen man fälschlicherweise Größe zuschreibt. Sie holt aus dem Sekretär einen vergilbten Zettel heraus, es ist ein Brief, einer von denen, die sie im Gefängnis erhalten hat, im Jahr 1942. Darin finden sich Worte der Liebe, der Dankbarkeit und der Hochachtung für ihre heroische Opferbereitschaft und ihre Standhaftigkeit. Diese Worte hat „ihr" Janek geschrieben. „Artur", der Autor jener Erinnerungen, hat sie vergessen.

Maria und Jadzia

Ich kann nicht einzeln über jede von ihnen schreiben, diese zwei Wesen schienen eine gemeinsame Seele zu haben.

Sie betraten an dem gleichen Nachmittag wie Teresa den Garten ihres Elternhauses. Die über ein Beet gebeugte Frau richtete sich auf, sah sie eine Weile an und rief dann mit vor Aufregung heiserer Stimme: „Julek, die Mama ist wieder da!" Aus dem Jasmingestrüpp kam ein Junge heraus und blieb dann stehen, unsicher, ob er näher kommen sollte. Er sah erschreckt aus. Einen ähnlichen Gesichtsausdruck hatte auch die Cousine. Nachdem sie sich gefasst hatte, sah sie sich nach allen Seiten um und flüsterte, die untere Etage des Hauses sei belegt, sie, ihr Mann und Julek wohnten oben. „Militär?", vermutete Maria. „Wenn es das bloß wäre! Dieser Volksdeutsche von gegenüber …" Sie brach ab, als sie sah, wie Maria plötzlich erblasste. „Doch wohl nicht der, der …" Jadzia konnte ihren absurden Verdacht nicht aussprechen. „Doch der! Er ist eingezogen, sofort nach …" Die Cousine beendete ihren Satz nicht, sie lief ins Haus, um etwas Wasser zu holen. Als sie zurückkam, sah sie, wie die Schwestern den Jungen umarmten und dabei weinten. „Wie ist das möglich, dass er … Ist er nicht verhaftet worden? Der lebt, als ob nichts geschehen wäre, ausgerechnet in unserem Haus?" Alles hätten sie sich vorstellen können, nur das nicht. Die Cousine antwortete nicht, sie schüttelte bloß den Kopf, als ob sie sich über die Fragen wundern würde. Jener Volksdeutsche, der, wie alle sagten, die Familie denunziert hatte, war gleich nach ihrer Verhaftung hier eingezogen. „Nur dank der Tatsache, dass Staszek in Pionki gearbeitet hat, haben sie uns nicht auf die Straße geworfen und uns erlaubt, in den zwei Kammern im Dachgeschoss zu wohnen", erklärte die Cousine. Vom gleichen Gedanken geleitet, erhoben sich die Schwestern von der Bank. „Du bleibst hier bei der Tante", sagte Maria zu ihrem Sohn.

Ohne anzuklopfen, betraten sie das Haus. „Wir sind wieder da", teilten sie dem am Küchentisch sitzenden Ehepaar mit. Die beiden wandten den Kopf nicht und sahen sie nicht an. „Na und?", brummte der Mann erst nach einer Weile. „Na und?!", rief Maria empört und ging in Richtung Esszimmer. „Moment!" Der Mann fuhr hoch, aber seine Frau fasste ihn am Arm. „Warten Sie, wir holen unsere Sachen", sagte sie zu den Schwestern.

Die Möbel im Esszimmer waren dieselben und standen so da wie früher. Nur das Kreuz an der Wand fehlte. Die Frau nahm Tischdecken aus der Anrichte und versuchte dabei, die im Türrahmen stehenden Gestalten zu ignorieren. Auf die Frage, wann sie das Haus verlassen, gab sie keine Antwort, als Maria die Frage jedoch wiederholte, antwortete sie barsch etwas, was so viel heißen sollte wie: es sei noch nicht ausgemacht, wer das Haus verlassen werde.

In dieser Nacht schliefen die Schwestern nur wenig. Abends war der Mann der Cousine von der Arbeit nach Hause gekommen und hatte ihnen die Situation erklärt. Sie stellte sich schlimmer dar, als sie gedacht hatten. Der ehemalige Volksdeutsche war offenbar bei der Geheimpolizei, in diesem Amt für Staatssicherheit, und es war nicht ausgeschlossen, dass er sogar beim NKWD war, denn von Zeit zu Zeit, vor allem nachts, tauchten hier sowjetische Offiziere auf und mit denen fuhr er dann irgendwohin, und zwar bestimmt nicht zur Frühmette. Der Mann der Cousine riet auch, sich zurückzuhalten und auf keinen Fall zu äußern, dass sie ihn verdächtigen, sie bei der Gestapo denunziert zu haben. Das könnte wer weiß wie enden, gar nicht auszudenken, hier geschehen unfassbare Dinge, das Sagen in der Stadt hat ein sowjetischer Kommandant, die „Verbündeten" treten wie Besatzer auf, ständig werden Angehörige der Heimatarmee verhaftet sowie Personen, die man beschuldigt, sie zu unterstützen, und dabei helfen die, die schon vor dem Krieg Kommunisten waren. Zum Glück haben sich in der Stadtregierung in den unteren Positionen noch einige Sozialisten gehalten, die tun, was sie können, und informieren rechtzeitig über bevorstehende Einquartierungen und darüber, wer laut der neuen Machthaber „unzuverlässig" ist. „Und Bürgermeister Grzecznarowski?", fragte Maria mit einer plötzlich aufkeimenden Hoffnung. „Lebt er? Ist er zurückgekommen?" Der Mann der Cousine nickte mit dem Kopf. Das schwedische Rote Kreuz habe ihn aus Oranienburg mitgenommen, er sei vor kurzem zurückgekehrt, habe aber keine der ihm angebotenen Funktionen übernommen, er sei lediglich in einem Komitee der Sozialistischen Partei. Maria erinnerte sich an jenen Herrn mit Glatze, der manchmal in die Apotheke gekommen war, immer hatte er etwas Nettes gesagt, er kannte ihren Mann, der auch zu den Sozialisten gehört hatte. Grzecznarowski war in der Stadt eine unbestrittene Autorität gewesen und hatte hohes Ansehen genossen. Bereits vor dem Ersten Weltkrieg Mitglied der Sozialistischen Partei, hatte er elf Jahre in russischer Verbannung verbracht, nachdem er wegen eines Attentats während der Revolution von 1905 verurteilt worden war. Die Leute hatten seinen Patriotismus geschätzt und ihm – obwohl er nicht zum Regierungslager gehörte – das Amt des Bürgermeisters von Radom anvertraut. Seine Verhaftung im März 1940 leitete besonders grausame Terroraktionen ein, durch die die Gestapo von Radom traurige Berühmtheit erlangt hat.

Es vergingen Tage, dann Wochen, der Volksdeutsche und seine Frau machten keine Anstalten, das Haus zu verlassen. Das Zusammenwohnen unter einem Dach mit jemandem, der den Tod der meisten Familienmitglieder zu verantworten hatte, überschattete das Glück der Rückkehr und des erneuten Beisammenseins mit dem Sohn. Nur das Gebet gab Kraft, das zu ertragen, was eigentlich unerträglich war, es schenkte Geduld und den Glauben, dass die Situation sich ändern werde. An einem Sonntag nach der Messe fand sich Maria, sie wusste selbst nicht, wie und warum, in der Zbrowskiego-Straße wieder, vor dem Haus, in dem der ehemalige Bürgermeister wohnte. Er selbst machte die Tür auf. Erst da war ihr klar, dass sie nicht genau wusste, warum sie gekommen war und was sie von ihm erwartete. Mit vor Aufregung stockender

Stimme legte sie ihm ihren Kummer dar. Sie wisse natürlich, dass der Herr Bürgermeister nichts mit den neuen Machthabern zu schaffen habe, aber vielleicht könne er ihr wenigstens raten, was sie tun und an wen sie sich wenden solle. Diese Leute benähmen sich so, als ob sie, die Auschwitz überlebt haben, Eindringlinge im eigenen Haus wären. Er hörte schweigend und mit besorgter Miene zu. „Ja, es geschehen schlimme Dinge. Vielleicht sind das bloß die Wirren der Nachkriegszeit, denn wenn das so bleiben sollte ..." Er beendete den Satz nicht und wurde noch trübsinniger. „Man muss weiter hoffen, dass sich alles am Ende regeln wird", fuhr er nach einer Weile fort. Was jedoch diese unerwünschten Mitbewohner angehe, da werde er versuchen, sich zu erkundigen. Er werde unter seinen Bekannten nachfragen, einige seien in höheren Positionen. Er lächelte, aber das war kein fröhliches Lächeln. „Ich werde tun, was in meiner Macht steht, ich kann mich schließlich an ihren Mann erinnern. Notfalls wende ich mich an Cyrankiewicz, das ist doch auch ein Sozialist und er war in Auschwitz", schloss er.

Ermutigt ging sie weg. Allerdings verging noch einige Zeit, bis das Unmögliche geschah. Als Maria eines Tages von der Arbeit kam, traf sie Jadzia und die Cousine geradezu außer sich vor Freude an. Das Haus war leer. Die Mitbewohner waren in aller Eile ausgezogen, ein Militärlastwagen hatte vor dem Haus gestanden. Sie hatten kein Wort der Entschuldigung gefunden, überhaupt hatten sie kein Wort gesagt. Sie waren verschwunden wie die Ratten.

Die Wohnung wurde neu gestrichen und der Pfarrer wurde gebeten, sie zu segnen, damit das Böse nicht mehr zurückkehre. Die Cousine konnte mit ihrem Mann endlich die kalten Kammern in der Mansarde verlassen und nach unten ziehen. Die Schwestern bewohnten zusammen mit Julek zwei Zimmer. Ihr Leben verlief ziemlich normal. Maria arbeitete in derselben Apotheke wie vor dem Krieg. Jadzia blieb einige Zeit zu Hause, später nahm sie eine Stelle als Kassiererin in einer Bank an. Es gab Momente der Freude, zum Beispiel als die Nachricht kam, dass der älteste Bruder Ludwik lebt und in der Anders-Armee ist, aber auch Anlass zu Kummer, wie etwa Martas Entschluss, das Land zu verlassen, und dann wieder Augenblicke des Glücks aufgrund der Mitteilung, dass sie sicher nach Italien zu Ludwik gelangt sei. Der Alltag brachte seine Sorgen mit sich, in erheblichem Maße rührten sie von der Situation des Sohnes in der Schule her. Die Schüler gehörten in der Regel der Pfadfinderbewegung an, Julek aber war Ministrant und im Lyzeum der Einzige in der ganzen Klasse, der ein Mitglied der Sodalicja Mariańska war, der Sodalis Marianus, einem katholischen Jugendverband. Er konnte zwar das Abitur ablegen, aber an der Fakultät für Forstwirtschaft der Warschauer Naturwissenschaftlichen Universität trat er dreimal an, bis er endlich zugelassen wurde, die Jugendorganisation des Lyzeums hatte ihn als „Sodalis" abgestempelt und dadurch seine Aufnahme erschwert.

Trotz allem herrschte in diesem Haus eine Atmosphäre der Ruhe, die man nirgendwo sonst antraf, ja sogar Heiterkeit, eine Heiterkeit, deren Quelle ein Leben im Einklang mit sich selbst ist. Das war ein wirklich christliches Haus, die religiösen Grundsätze wurden dort auf natürliche Weise befolgt, wie das Atmen. Der Besuch der Messe am Sonntag war keine Pflichterfüllung, sondern eine Herzensangelegenheit. Dieses Haus war von einem inneren Licht erfüllt. Dort las man den Tygodnik Powszechny und Bücher von Bernanos, Mauriac, Gołubiew, Brandstaetter, Zawieyski und Dobraczyński. Auf Marias Anregung hin habe ich „Die Briefe des Nikodemus" und „Jesus von Nazareth" gelesen. Und wer weiß, vielleicht war ich dank dieser Lektüre immun gegen die Literatur der neuen Zeit wie „Der Ritter des goldenen Sterns", „Fern von Moskau" oder „September".

„Ein feste Burg ist unser Gott", der Spruch auf dem Küchentuch, für das Maria in Birkenau eine Portion Brot hingegeben hatte, war der Leitsatz dieser Familie. An der Arbeit erfüllten sie gewissenhaft ihre Pflicht – Maria händigte Medikamente aus, Jadzia zählte Geld –, zu Hause lebten sie ihr eigenes Leben. Das Böse, das sich rundherum ausbreitete und an die Mauern dieser Festung schlug mit Nachrichten über Verhaftungen und Verfolgungen von Priestern oder schließlich in Form der sie direkt betreffenden Schikanierung von Schülern, die am Religionsunterricht teilnahmen, neutralisierten sie durch das Gebet und den unerschütterlichen Glauben, dass all dies nicht von Dauer ist, dass es sich nicht hält, dass es untergehen wird, weil es dem göttlichen und menschlichen Recht widerspricht. Und sie hatten dabei so viel Verständnis und Nachsicht für anders Denkende. Einer ihrer Bekannten trat in die Partei ein, ein anderer wiederum stimmte auf einer Elternversammlung für die Auflösung des katholischen Jugendverbands. Sie sprachen mit Bedauern darüber, waren aber auch voller Mitleid und Erbarmen angesichts solcher Charakterschwächen ...

Sie erlebten schließlich, dass Julek sein Studium abschloss und – gemäß der damaligen Praxis der Arbeitszuteilung – in eine Försterei in der Gegend von Kielce delegiert wurde. Doch es verging kein halbes Jahr und dann musste er eiligst von dort zurückgeholt werden, damit er nicht dem Alkohol verfiel und nicht im Sumpf von Korruption, Denunziation und moralischem Verfall versank. Und wieder waren Marias Beziehungen durch ihre Arbeit in der Apotheke hilfreich, Julek wurde vom Betrieb für städtische Grünanlagen in Radom „angefordert". Das war eine Enklave „der alten Ära". Die dort versammelte Gruppe von Fachleuten aus der Zeit vor dem Krieg wurde ironisch „Liga der Gentlemen" genannt. Die Behörden drückten ein Auge zu gegenüber dieser „reaktionären" Mannschaft. Sie arbeiteten alle hervorragend und – was noch wichtiger war – für wenig Geld. Wer sonst außer diesen „bourgeoisen Intellektuellen", die keinen anderen Ausweg hatten, wollte sich für einen Hungerlohn abmühen? Erst hier, in diesem Kreis, konnte Marias Sohn die ihn verfolgenden Schimpfwörter „Sodalis", „Reaktionär" und „Klerikaler" vergessen.

Bald heiratete er ein bescheidenes, feines Mädchen, eine gläubige Katholikin. Maria strahlte, sie hatte eine Tochter bekommen. Sie lebten zwar nicht im Reichtum, aber sie litten auch keinen Mangel, die Schwestern unterstützten das junge Ehepaar finanziell, Hilfe kam auch von Marta. Zwei Enkelkinder, Jacek und Marysia, wuchsen in der Atmosphäre dieses Hauses auf, einer erhabenen Atmosphäre, wenn auch nicht unbedingt geeignet zur Einstimmung auf das Leben im System des real existierenden Sozialismus.

Im Jahr 1968 starb Maria an Nierenkrebs. Sie hatte gewusst, dass es für sie keine Rettung gab und dies akzeptiert, ob ohne Angst, weiß ich nicht, jedenfalls aber ruhig. Die letzten Tage und Nächte wachte Jadzia bei ihr. Sie hat ihr auch die Augen geschlossen. Von der gleichen Krankheit heimgesucht, verschied sie selbst im Jahr 1981.

Zwei außergewöhnliche Personen sind aus meinem Leben gegangen. Dass ich sie gekannt habe, dass sie mir, die ich immer Zweifel hatte, eine treue Freundschaft entgegenbrachten, erlaubte mir, an das Gute im Menschen zu glauben oder zumindest daran, dass das Schicksal mir etwas sehr Wertvolles geschenkt hat: Ich hatte und habe mit Menschen immer Glück.

Marta

Ihre Wohnung in der Średnia-Straße in Radom hatte niemand besetzt. Erschüttert darüber, was sie bei den Schwestern gesehen hatte, hielt sie sich für eine Auserwählte des Schicksals. Die Möbel, das Geschirr, die Bücher – alles stand an seinem Platz, bedeckt mit einer grauen Schicht Staub. Als sie den Schrank öffnete, kam ihr ein Mottenschwarm entgegen. Das elfenbeinfarbene Hochzeitskostüm zerfiel in ihren Händen. Die löchrigen Mäntel, Jacketts und Kleider eigneten sich nur noch zum Wegwerfen. Und das war ihre erste Tätigkeit nach der Rückkehr aus dem Nichtsein: Sie brachte ihre gesamte Kleidung (oder vielleicht ihr bisheriges Leben?) zum Müll.

Sie begann in einer Bank zu arbeiten. Sie hatte sofort eine Anstellung bekommen, es gab damals nicht viele Absolventen höherer Handelsschulen. Nach acht und nicht selten mehr Stunden Bürochaos kehrte sie in die leere Wohnung zurück und legte sich ins Bett mit der Hoffnung, dass in dieser Nacht das vertraute Klopfen an der Tür sie wecken würde. Glaubte sie wirklich, dass ihr Mann lebte, dass er durch ein Wunder gerettet worden war? Oder versuchte sie, diesen Glauben in sich aufrechtzuerhalten, indem sie Briefe an das Rote Kreuz schickte, bei Bekannten nachfragte und begierig den Gerüchten über die Rückkehr von Menschen lauschte, die man bereits zu den Toten gezählt hatte? Schließlich begab sie sich nach Krakau, wo der Bruder ihres Mannes wohnte. Ihr wurde ein Brief gezeigt mit der Aufschrift „KL Auschwitz", der darüber informierte, dass Wacław S. an einer Lungenentzündung gestorben sei. Das Datum war identisch mit dem, das ihr im Jahr 1944 jene Häftlinge aus der Lagerschreibstube genannt hatten. Nur die Todesursache stimmte nicht. Sie sagte ihrem Schwager jedoch nicht, dass Wacek erschossen worden war, es war für ihn leichter, einen natürlichen Tod des Bruders zu verschmerzen, auch wenn der unter unnatürlichen Umständen eingetreten war.

Im Juli oder August 1945 kam Marta zu mir zu Besuch. Es war ein warmer, sonniger Sonntag. Wir streunten durch die Schluchten der Straßen, die mit meterhohem Schutt bedeckt waren, und durch die Parks mit ihren Alleen aus Baumstümpfen. Am späten

Nachmittag fanden wir uns an einem kleinen, dreieckigen Platz wieder, der als Friedhof für die Toten des Warschauer Aufstands diente. Auf den Grabhügeln standen Kreuze, die aus irgendwelchen Holzstücken zusammengenagelt worden waren. Aus einem Restaurant an der Ecke Piękna- und Mokotowska-Straße schallte Musik, im Takt des Boogie-Woogie hüpften einige Paare auf dem Parkett. Plötzlich blieb Marta wie angewurzelt stehen. Der Blick ihrer dunklen Augen wanderte von den erhellten Fenstern des Lokals hinüber zum Friedhof. Ebenso fassungslos wie ihr Blick waren ihre Worte: „Die Leute tanzen auf den Gräbern." Als ich mich auf dem Bahnhof von ihr verabschiedete, sagte sie, kurz bevor sie in den Waggon stieg, ich solle ihr eine Zeit lang nicht schreiben und sie auch nicht besuchen kommen. Es gebe dafür Gründe, die sie mir, besonders wenn man in Betracht ziehe, in was für einer Welt wir lebten, lieber nicht nennen wolle. Maria werde mich benachrichtigen, wenn die „Sache" geklärt sei.

Die „Sache", das war die Umsetzung ihrer Aussage „Ich bleibe nicht hier." Im gleichen Jahr gelangte sie in die Tschechoslowakei und von dort über Österreich nach Italien, wo ihr Bruder sie erwartete, Oberst in der Anders-Armee. Nach deren Auflösung gingen die Geschwister zusammen nach London. Es begann eine sehr schwere Zeit. Die Leute, die als Erste dem Hitler-Wahnsinn die Stirn geboten hatten, waren – anstatt ruhmreich ins Vaterland zurückzukehren – infolge der Wortbrüchigkeit der Alliierten zu einem Dasein als Tellerwäscher, Milchlieferanten und Kellner verdammt.

Einen solchen Kellner lernte Marta kennen. Er war aus einem Lager für Displaced Persons von Deutschland nach England gekommen. Als Soldat der Heimatarmee hatte er am Warschauer Aufstand teilgenommen. Er liebte Marta und konnte auch in ihr die Liebe erwecken. Sie heirateten und obwohl sie deklassiert und an den Rand der Gesellschaft gedrängt waren, waren sie glücklich. Im Jahr 1949 bekamen sie eine Tochter und zwei Jahre später wanderten sie nach Amerika aus. Sie ließen sich in Chicago nieder und begannen ein neues Leben, frei vom Minderwertigkeitskomplex nicht benötigter Menschen. Den Status eines Kriegsveteranen ausnutzend, begann Kazimierz ein Studium. Er erwarb ein Diplom als Ingenieur und fand eine Beschäftigung in seiner Fachrichtung. Marta arbeitete ebenfalls, und zwar als Buchhalterin. In kurzer Zeit verbesserte sich ihre materielle Situation derart, dass sie ein Haus kaufen konnten.

Nach der Oktoberwende 1956 kam Marta zum ersten Mal wieder nach Polen, und zwar allein. Das zweite Mal wurde sie von ihrer Tochter begleitet, die damals etwa zehn Jahre alt war. Ewa rief Bewunderung und Entzücken bei allen hervor, die sie kennen lernten. Sie sprach fließend Polnisch und kannte die Geschichte der Heimat ihrer Eltern besser als manch ein Siebtklässler hierzulande. Sie besuchte eine amerikanische Schule und hatte sehr gute Noten in Englisch. Sie lernte auch Französisch. Ewa war ein überaus begabtes, aufgewecktes und sensibles Kind, außerdem wohlerzogen. Man musste sie einfach gernhaben. Sie kam noch einmal nach Polen, in ein Ferienlager für Kinder aus polnischen Familien, die im Ausland lebten. Sie kam allein, ohne ihre Eltern. Darin sah sie nichts Besonderes und sie verstand unser ängstliches Staunen nicht. Selbstständig war sie also auch noch. Das alles verhieß ihr eine wunderbare Zukunft. Für ihre Eltern war sie das größte Glück, die schönste Hoffnung und eine Belohnung für all das, was sie durchgemacht hatten.

Jedoch …

Wenn wahr ist, dass Gott die prüft, die er liebt, dann ist Marta ein Beispiel für seine Liebe. 1960, mitten in jenem unvergesslich heißen Sommer, bekam ich einen Brief von Maria. Er begann mit diesen Worten:

„Vielleicht wirst du Schwierigkeiten haben, meine Schrift zu entziffern, aber es ist etwas mit meiner Hand geschehen und ich kann ihr Zittern nicht unterdrücken. Ewa ist tot. Sie war in den Ferien am Michigansee und ist ertrunken. Ich bete darum, dass Gott mich nicht an ihm zweifeln lässt."

Diese Tragödie überschritt das Maß dessen, was ein Mensch imstande ist zu ertragen. Die verwaisten Eltern zogen nach Los Angeles. Aber die Flucht von dem Ort des Unglücks half Marta nicht. In ihrem Haus in Woodland Hills richtete sie ein Zimmer für die Tochter ein, das genau so aussah wie das in Chicago. Und sie verbrachte darin ganze Tage und schaute sich Fotos, Schulhefte und Bücher von Ewa an. Ihr wurde geraten, arbeiten zu gehen. Sie wollte nicht. Sie konnte nicht. Oder vielleicht dachte sie, dass sie nicht in der Lage sein würde, unter Menschen zu sein, sich zu unterhalten, auf Fragen zu antworten und mit einem Lächeln zu sagen: „I am fine." Sie zog es vor, zu Hause zu bleiben mit der Erinnerung an Ewa, mit dem, was von ihr geblieben war. Nichts konnte sie trösten. An einen gütigen Gott glaubte sie seit Auschwitz nicht mehr. Auf Briefe antwortete sie selten und wenn sie sich dazu durchringen konnte, ein paar Sätze zu schreiben, dann sprachen die nicht von ihrem Seelenzustand. Denn kann man so ein Leid mit Worten ausdrücken? Mit der Zeit fand sie einen Weg, sich von den Qualen der Erinnerung zu befreien, der ihr wenigstens für einen Moment Vergessen gewährte – sie legte Patiencen, löste Kreuzworträtsel. Die Freunde bedauerten das. Sie kannten Marta als eine Person mit wachem Geist und vielen Interessen. Nun war für sie nichts mehr von Belang. Im Laufe der Jahre jedoch … Diejenigen, die den Tod eines geliebten Menschen haben erleben müssen, wissen, welch große, wenn auch grausame Wahrheit das Sprichwort in sich birgt, dass die Zeit alle Wunden heilt. Zuerst leidet man, weil man nicht vergessen kann, dann, weil man vergessen hat.

Als Kazimierz in Rente ging, kauften sie ein Haus in Arizona, in einem Städtchen für Senioren am Lake Havasu. Die Freunde, die sie besuchten, sowohl die aus den Staaten als auch die aus Europa, konnten sich nicht genug darüber wundern, dass sie sich in der Wüste niedergelassen hatten. Aber sie fühlten sich wohl dort, besser als an irgendeinem anderen Ort. Sie haben die nackten, graubraunen Berge lieb gewonnen, die sich bei Sonnenuntergang in ein Karminrot kleideten, das Wasser des Sees, das wie Emaille glänzte, die niedrigen, riesigen Sterne in der Nacht und auch das Heulen der Kojoten. Am ersten Abend meines Besuches bei ihnen sagte Marta: „Du hast dich bestimmt oft gefragt, wie ich über Ewas Tod hinwegkommen konnte. Ich sage dir, wie: Jeden Morgen, wenn ich aufgestanden bin, habe ich mir eingeredet, dass heute der letzte Tag meines Lebens ist."

Ich

Mein Leben ist nicht schlecht verlaufen, auch im Vergleich zu denen, deren Schicksal weniger grausam war als das von Marysia der Großen oder von Oleńka. Dass es so verlaufen ist und nicht anders, haben wohl die ersten Momente nach der Rückkehr in mein Elternhaus bestimmt. Mein Vater war tot, er war 1943 auf dem Rangierbahnhof ums Leben gekommen, als er von einer Dampflok herunterstieg. Der Bahnschutz behauptete, man habe geschossen, weil mein Vater sich an den Waggon mit der Munition heranmachen wollte. Meine Mutter und mein Bruder lebten in großer Armut. Als ich eintrat, aßen sie gerade zu Abend – einen trockenen Fladen aus grob gemahlenem Roggenmehl und dazu schwarzen Kaffee ohne Zucker. Als ich einen Bissen davon hinunterwürgte, dachte ich, dass zu den sieben Todsünden noch eine dazugezählt werden müsste: die Sünde der Abwesenheit. Und ich schwor mir: Ich lasse mich nie mehr einsperren. Egal, was das zu bedeuten hat.

Aber das wäre eine eigene Erzählung, ein Beitrag zur Geschichte des Opportunismus oder – um zu der milderen Bezeichnung eines bedeutenden Gelehrten Zuflucht zu nehmen – des „positiven Konformismus". Und deshalb habe ich wahrscheinlich diesen chronikartigen Bericht über einige Frauen und Mädchen, die im Mai 1945 zu Fuß nach Polen zurückkehrten, erst jetzt geschrieben.

Glossar

1956 – Am 14. Februar 1956 begann der 20. Parteitag der Kommunistischen Partei der UdSSR, auf dem ihr Generalsekretär Chruschtschow die Entstalinisierung einleitete. In der anschließenden als „Tauwetter" bezeichneten Periode wurde die Zensur gelockert, politische Häftlinge wurden entlassen und rehabilitiert. Jedoch bereits nach dem Volksaufstand in Ungarn im gleichen Jahr ergriff man wieder die in den realsozialistischen Gesellschaften für die Aufrechterhaltung der totalitären Strukturen erforderlichen repressiven Maßnahmen.

Altreich – Deutschland in den Grenzen von 1937.

Anders-Armee – Die Armia Andersa, benannt nach ihrem General Władisław Anders, war eine nach dem deutschen Überfall auf die Sowjetunion unter Mitwirkung der Polnischen Exilregierung in Russland aus deportierten Polen rekrutierte Streitmacht, die zunächst sowjetischem Oberkommando, nach ihrer späteren Verlagerung in den Nahen Osten aber westlichen Alliierten unterstellt war. In Italien wurde sie zum 2. Polnischen Korps umgewandelt.

Bahnstation – Die kleine Bahnstation, an der die Frauen auf den Zug nach Poznań warteten, gehörte vermutlich zu Landsberg an der Warthe, heute Gorzów Wielkopolski.

Displaced Persons (DP) – waren nach dem Zweiten Weltkrieg vorwiegend aus osteuropäischer Heimat zwangsverschleppte Personen, also in der Regel Zwangsarbeiter und KZ-Überlebende.

Graue Reihen (Szare Szeregi) – war der Deckname des in den Untergrund gegangenen polnischen Pfadfinderverbands, welcher, der Heimatarmee unterstellt, u. a. am Warschauer Aufstand mitwirkte.

Heimatarmee – Die AK, Armia Krajowa, war die maßgebliche militärische Organisation im besetzten Polen. Sie bestand aus Freiwilligen, führte zahllose Sabotageakte und Anschläge durch, war nachrichtendienstlich tätig und organisierte u. a. den Warschauer

Aufstand. Nach Kriegsende wurde die Heimatarmee vom NKWD zerschlagen und ihre Offiziere in den Gulag geschickt. Einzelne Einheiten verblieben jedoch im Untergrund und richteten ihren Widerstand gegen die kommunistische Herrschaft.

„Kanada" – Der Name dieses wohl als Symbol des Reichtums geltenden Landes war in der Häftlings-Umgangssprache (Lagersprache) die Bezeichnung für die Effektenkammer, also das Lager, in dem das nach Auschwitz mitgebrachte persönliche Eigentum der Häftlinge und vor allem der dort ermordeten Juden aufgehoben und zur Weiterverwendung sortiert wurde.

Katyn – Im April/Mai 1940 ermordeten Angehörige des NKWD als Teil der antipolnischen Strategie Stalins weit über 4000 polnische Offiziere in einem Wald bei Katyn in Russland. Nachdem das Massaker von der deutschen Wehrmacht 1943 entdeckt und für die eigene Propaganda ausgewertet wurde, lastete die sowjetische Führung das Verbrechen dem NS-Staat an und blieb bei dieser Darstellung bis zum Ende des Warschauer Paktes 1990.

Londoner Regierung, Lubliner Regierung – London war seit 1940 Sitz der Polnischen Exilregierung, die u. a. die Gründung der Anders-Armee mit in die Wege leitete. Nach 1943 forderte sie die Aufklärung des Massakers von Katyn, woraufhin die diplomatischen Beziehungen zur Sowjetunion zum Stillstand kamen. Die sowjetischen Besatzer setzten im Juli 1944 in Lublin ein Komitee als provisorische Regierung ein. Auch nach Gründung der Volksrepublik Polen blieb die Polnische Exilregierung bestehen, und zwar bis zu ihrer Auflösung 1990, jedoch weitgehend ohne diplomatische Anerkennung.

Mandl, Maria – war von 1938 bis 1945 Aufseherin in verschiedenen Konzentrationslagern, von Oktober 1943 bis November 1944 Oberaufseherin in Auschwitz und als Arbeitsdienstführerin Leiterin des Frauenlagers Birkenau.

Muselmann – war in der Lagersprache ein von Misshandlung und Entbehrung bis auf die Knochen ausgezehrter Häftling, dessen Denken sich nur noch auf die Nahrungsaufnahme fixierte, bevor allmählich Apathie und Agonie einsetzten. Nur wenigen Häftlingen gelang es, diesen Zustand im Konzentrationslager zu überwinden.

Namenstag, Pfingsten – In vielen katholisch geprägten Ländern wird der Namenstag gefeiert. Der 15. Mai, Gedenktag der Heiligen Sophia und somit Namenstag aller Mädchen und Frauen mit diesem Vornamen, war 1945 aber ein Dienstag und fiel nicht mit dem Pfingstfest zusammen – der Lehrer irrte also.

Neustadt-Glewe – In dieser mecklenburgischen Kleinstadt befanden sich im Dritten Reich ein Fliegerhorst, eine NS-Fliegerschule und ein Nebenwerk der Norddeutschen Dornier-Werke. Neben dem Flugfeld existierte seit September 1944 als Außenstelle des KZ Ravensbrück ein für 300 Zwangsarbeiter vorgesehenes Konzentrationslager mit zeitweilig bis zu 5000 Häftlingen, von denen viele die unsäglichen Haftbedingungen nicht überlebten. Das Lager wurde am 2. Mai 1945 von der US-Armee, die sich jedoch kurz darauf aus der Gegend zurückzog, befreit.

NKWD – Das Volkskommissariat für Innere Angelegenheiten war als Nachfolgeeinrichtung des zaristischen Innenministeriums (MWD) für die innere Sicherheit zuständig und kontrollierte Polizei und Geheimdienste der UdSSR. Unter den Volkskommissaren Jeschow (1936 - 1938) und Beria (1938 - 1946) verantwortete der NKWD die als „Großer Terror" bezeichneten politischen Säuberungen, organisierte Zwangumsiedlungen, denen Millionen Menschen zum Opfer fielen, und ließ auch das Massaker von Katyn durchführen. 1946 wurden anstelle von Volkskommissaren wieder Minister eingesetzt und aus dem NKWD folgerichtig wieder ein MWD.

Pionki – Dieser nordöstlich von Radom gelegene Ort beherbergte nicht erst seit der deutschen Besetzung eine Schießpulver- und Sprengstofffabrik. Dort arbeitete Staszek.

„Prominente" – wurden in der Lagersprache die Funktionshäftlinge genannt, die aufgrund von besonderen Eignungen oder Kenntnissen in der Lagerverwaltung beschäftigt waren.

Volksliste – Die Deutsche Volksliste war ein die deutsche Staatsangehörigkeit vorbereitendes Verzeichnis, das die Antragsteller in verschiedene Kategorien unterteilte. Wer in die Liste aufgenommen wurde – und auf Deutschstämmige wurde diesbezüglich Druck ausgeübt –, konnte mit Privilegien rechnen, wurde nach Kriegsende in der Regel aber als faschistischer Kollaborateur verfolgt.

Warschauer Aufstand – Am 1. August 1944 begann die Heimatarmee ihre Erhebung gegen die Besatzung in Warschau in der Annahme, dass die Deutsche Wehrmacht schon nachhaltig geschwächt und die Rote Armee bereits nahe sei. Der Aufstand scheiterte nach gut zwei Monaten und hatte unter Leitung des SS-Führers Erich von dem Bach-Zelewski die von Hitler angeordnete Zerstörung der Stadt und umfangreiche Massaker an der Zivilbevölkerung zur Folge.

Winkel, Dreieck, roter Streifen – Der Winkel war ein auf das Oberteil des Häftlingsanzugs aufgenähtes dreieckiges Abzeichen, das, in Farbe und Beschriftung variierend, die Häftlinge nach ihren offiziellen Einweisungsgründen unterteilte. Der rote Winkel kennzeichnete politische Häftlinge, gewöhnliche Kriminelle trugen grüne Winkel und Menschen, die wegen ihrer Homosexualität inhaftiert worden waren, bekamen den rosa Winkel. Polen trugen ein schwarzes „P" auf rotem Dreieck, und zur Arbeit selektierten Juden wurden zwei je nach Umständen unterschiedliche Dreiecke so übereinandergenäht, dass das Abzeichen an einen Davidstern erinnerte. Ab 1944 trugen einige Häftlinge aus Mangel an gestreiften Anzügen Zivilkleidung, die auf dem Rücken mit einem roten Strich oder Stoffstreifen gekennzeichnet war.

Wortbrüchigkeit der Alliierten – Obwohl die USA und Großbritannien die Polnische Exilregierung zunächst unterstützt hatten, entzogen sie ihr schon im Juli 1945, kurz vor Beginn der Potsdamer Konferenz, auf der u. a. der Verlauf der deutsch-polnischen Grenze verhandelt werden sollte, die diplomatische Anerkennung.

Zu dieser Ausgabe

Die vorliegende deutsche Erstveröffentlichung beruht auf der unter dem Titel „Do wolności, do śmierci, do życia" 1996 bei Wydawnictwo von borowiecky in Warschau erschienenen polnischen Originalausgabe (ISBN 83-904286-3-6). Schon damals hat Zofia Posmysz mit Rücksicht auf lebende Personen einzelne Namen geändert. Mit dem Einverständnis der Autorin, die das Originalmanuskript nicht mehr besitzt, wurde bei der Übersetzung einiger Textstellen von der Vorlage korrigierend abgewichen.

Autorin und Werk

Zofia Posmysz, geboren am 23. August 1923 in Krakau, war zum Zeitpunkt des deutschen Überfalls auf Polen Schülerin einer Handelsschule. Um der Zwangsarbeit zu entgehen, akzeptierte sie eine Stelle als Kellnerin in einem deutschen Kasino, begann aber den polnischen Geheimunterricht zu besuchen, wo sie mit der von Schülern vertriebenen Untergrundpresse in Berührung kam. Vermutlich infolge einer Denunziation, wurde auch sie am 15. April 1942 verhaftet und nach sechs Wochen im Gefängnis Montelupich Ende Mai 1942 in das Konzentrationslager Auschwitz I verbracht. Aufgrund der Flucht eines Mithäftlings kam ihr Kommando für zwei Monate zur Strafkompanie in Buda, unter Bedingungen, die viele der Frauen das Leben kosteten. Jahrzehnte später schildert sie diese Episode ihrer Lagerhaft in der Erzählung „Die Sängerin".

Die folgenden zweieinhalb Jahre in Auschwitz-Birkenau, dem größten deutschen Konzentrations- und Vernichtungslager mit zeitweilig bis zu 100.000 Inhaftierten und über 1,1 Millionen ermordeten Juden und anderen von den Nationalsozialisten Verfolgten, begannen für Zofia Posmysz mit Krankheiten, die zahllose Häftlinge dahinrafften – eine Erfahrung, die sie zu der Erzählung „Derselbe Doktor M." verarbeitete. Dank ihrer Deutschkenntnisse im Mai 1943 zur Schreiberin „befördert", schöpfte sie wieder Hoffnung. Damals lernte sie auch den polnischen Offizier Tadeusz Paolone-Lisowski kennen, der sie in Buchführung unterweisen sollte. Von Paolone-Lisowski, der wenige Monate später ermordet wurde, berichtet die hochbetagte Zofia Posmysz in dem dokumentarischen Text „Christus von Auschwitz".

145

Im Januar 1945, als die Front näher rückte, wurden tausende Häftlinge des KL Auschwitz bei strengem Frost in mehrtägigen „Todesmärschen" nach Deutschland getrieben. Die weiblichen Häftlinge aus Birkenau transportierte man schließlich nach Ravensbrück, wo die entkräfteten Frauen zunächst drei Wochen in einer Art Zelt auf dem nackten Boden schlafen mussten.

Die Befreiung durch die Alliierten erlebt Zofia Posmysz im Außenlager Neustadt-Glewe am 2. Mai 1945. Entgegen dem Rat, in den Westen zu wechseln, macht sie sich gemeinsam mit neunzehn Frauen zu Fuß auf den Weg zurück nach Polen und befindet sich drei Jahre nach ihrer Verhaftung wieder in ihrer Heimatstadt Krakau. Im Elternhaus trifft sie nur die Mutter und ihren Bruder an; der Vater, ein Bahnangestellter, war im August 1943 vom deutschen Bahnschutz erschossen worden. Erst nach dem Ende der Volksrepublik Polen ensteht ihr Bericht „Do wolności, do śmierci, do życia" (dt. „Befreiung und Heimkehr"), zu groß schien die Gefahr, den Text nicht durch die Zensur zu bekommen.

Da sich ihr die Situation in Krakau aussichtslos darstellte, zog Zofia Posmysz in das zerstörte Warschau um, in der Absicht, dort eine Arbeit aufzunehmen, die Familie zu unterstützen und ihre Ausbildung fortzusetzen. 1946 bestand sie das Abitur, danach studierte sie Polonistik und half nachts als Korrektorin einer Tageszeitung aus. Bereits gegen Ende des Studiums begann sie ihre Tätigkeit in der Literaturredaktion des Polnischen Rundfunks, wo sie bis zu ihrer Pensionierung beschäftigt blieb.

1959 schrieb Zofia Posmysz das Hörspiel „Die Passagierin aus Kabine 45", das die Weichen für ihre literarische Zukunft stellen sollte. Aufgrund der großen Resonanz wurde der Text kurz darauf für die Fernsehbühne adaptiert und der angesehene Regisseur Andrzej Munk beschloss, den Stoff zu verfilmen. Der Film, wegen Munks tödlichem Verkehrsunfall ein Torso, kam 1963 in die Kinos und erhielt 1964 in Cannes den FIPRESCI-Preis der internationalen Filmkritik. Schon 1962 war „Die Passagierin" als Roman erschienen und nachdem Dmitri Schostakowitsch dessen russische Übersetzung gelesen hatte, empfahl er seinem Freund Mieczysław Weinberg, der seine gesamte Familie in der Shoah verloren hatte, die Komposition der gleichnamigen Oper, für die Alexander Medwedew das Libretto gestaltete. 1968 vollendet, aber vom Sowjetstaat unterdrückt, wurde das Bühnenwerk zwar erst Ende 2006 in

Moskau konzertant uraufgeführt. Die szenische Erstaufführung während der Bregenzer Festspiele 2010 war jedoch ein künstlerisches Großereignis und bestätigte einmal mehr, dass „Die Passagierin" zu den wichtigsten Büchern dieser Thematik gezählt werden darf. Ursprünglich besteht seine Besonderheit darin, dass sich damit ein Opfer, nämlich Zofia Posmysz, in die Denkweise und das Gefühlsleben seiner ehemaligen Aufseherin hineinversetzt. Die Autorin gibt der Überlebenden „Marta" eine stumme Rolle und schildert die Lager-Vergangenheit allein aus der Perspektive der sich rechtfertigenden Täterin, die sie, wie das gesamte erwähnte SS-Personal, unter ihrem wirklichen Namen auftreten lässt. Als Rahmenhandlung dient dazu die realistische, sich psychologisch und dramatisch zuspitzende Situation einer Schiffspassage. Die unfreiwillige und unausweichliche Konfrontation von Opfer und Täterin bleibt jedoch wortlos und führt bei beiden lediglich zum Aufbrechen des Traumas, ohne die Perspektive, es zu überwinden. In seiner Schlichtheit zeitlos, nimmt der Text in der Literatur des 20. Jahrhunderts wohl auch deshalb eine Sonderstellung ein, weil er eine eigene, nicht jüdische Auschwitz-Erfahrung in den Mittelpunkt stellt, diese aber in eine über das Dokumentarische hinausgehende literarische Kunstform überträgt und dadurch geeignet ist, eine größere Leserschaft zu erreichen.

Letzteres gilt auch für das Buch „Ein Urlaub an der Adria", den anderen Auschwitz-Roman von Zofia Posmysz. In dieser schonungslosen Ich-Erzählung der Überlebenden bietet sich dem Leser allerdings kaum noch die Möglichkeit bequemer Distanz. Abermals wird die Erinnerung an Auschwitz, in diesem Fall die außergewöhnliche Freundschaft zu einer Mitinhaftierten, in eine aktuelle Rahmenhandlung eingebettet, die deutlich werden lässt, wie sehr das Fühlen und Denken der Protagonistin auch noch Jahrzehnte später ganz wesentlich von ihrer traumatischen Lager-Erfahrung bestimmt wird.

Zofia Posmysz, Autorin weiterer hierzulande unbekannter Werke wie „Mikroklima" oder „Der Preis" sowie zahlreicher Hörspiele, Drehbücher und Texte zu Gegenwartsthemen, wurde 2012 unter anderem für ihre langjährige Zusammenarbeit mit der Internationalen Jugendbegegnungsstätte in Oświęcim mit dem Bundesverdienstkreuz am Bande ausgezeichnet und erhielt 2013 die Ehrenbürgerschaft der Stadt Oświęcim.